SYGNE

LA VIE
D'ANDRÉS MORA

Collection dirigée par Thierry Laroche

CLAUDINE DESMARTEAU

LA VIE D'ANDRÉS MORA

ROMAN

SYGNE GALLIMARD

[…] *justement la prudence exige, comme bien souvent malheureusement, que l'on risque sa vie.*

Franz Kafka, *Le terrier*

PREMIÈRE PARTIE

LA GUERRE

— On va faire revenir les chiens.

— Attends… ça coûte 300 balles.

— 350. Ils ont augmenté les tarifs.

— Les enculés. Ah ça tourne bien, leur petite boutique !

— Je vois pas d'autre solution. On a tout fait. Sans déconner, on a tout fait. Non ?

— T'as mis un bon coup sur le sommier ?

— Je l'ai aspiré.

— Tu l'as aspiré ? Putain tu l'as juste aspiré !

— C'est bon… avec la housse, ça suffit, de l'aspirer.

— Nan. Ça suffit pas. La preuve que ça suffit pas. Faut le faire à l'Eradicator. Surtout autour des pieds. Elle est pas étanche cette housse. C'est de la merde, ta housse.

— « MA housse »… T'es chiée. J'ai acheté ce qui se fait de mieux, comme housse.

— Elles sont OÙ, alors ?

— Peut-être pas dans le sommier. Dans la commode ? Faut la virer, cette commode. Faut zéro fringue près du lit.

— Les chiens ont dit qu'y avait rien, dans la commode.

— Les chiens se sont arrêtés devant le sommier, devant la tête du sommier. De ton côté.

— Au milieu. Pas de mon côté.

— Légèrement de ton côté.

— Les plinthes ?

— Ça peut pas être les plinthes : je les ai siliconées, les plinthes.

— La prise électrique, peut-être…

— J'ai mis de la terre de diatomée. Elle est loin, la prise. Les chiens se sont pas arrêtés devant la prise.

— Les chiens, les chiens… Ils sont passés y a plus d'un mois. C'est peut-être des vieilles piqûres, tes boutons. Ils peuvent sortir plusieurs jours après.

— C'est pas des vieilles piqûres ! Arrête de dire ça à chaque fois, ça m'énerve. Je me suis fait bouffer. Cette nuit. Ou la nuit dernière, ou même celle d'avant. En tout cas je me suis fait bouffer depuis qu'on a désinfecté.

— On fait quoi alors ?

— Les chiens, je te dis. On n'a pas le choix.

— Ils sont déjà venus trois fois.

— Faut régler ça. Définitivement. On rappelle les chiens.

— OK.

— Je suis sûr qu'il y a un problème avec tes fringues.

— Quoi mes fringues ?

— T'es pas assez rigoureuse. Tu t'es allongée sur le lit toute habillée, putain. Faut pas faire ça ! Merde ! Tu ruines tous nos efforts.

— On venait de désinfecter.

— Ouais, ouais mais on n'est jamais sûr de rien !

Tu le sais bien. Tu le sais bien putain, depuis le temps que ça dure. Alors merde ! Pas de fringues sur le lit, putain. Jamais !

— OK ! Ça va... Calme-toi, Benoît. Faut que tu te calmes, là. Ça devient pénible. Tu nous fous les nerfs, quelque chose d'horrible.

— Oui j'ai les nerfs. C'est normal que j'aie les nerfs. C'est moi qui gère tout, OK ? J'ai le droit d'avoir les nerfs.

— Alors tu rappelles les chiens ?

— Ouais. Je vais le faire. Je vais les rappeler. Je vais les supplier, les chiens. Parce qu'ils sont débordés. Y a de l'attente pour les chiens maintenant.

— Bon, faut que j'aille bosser. Tu me tiens au courant, quand t'as eu les chiens ?

— SIK, SIK !

— Pourquoi elle crie « Sik » ? je demande à Delphine.

— « Seek », ça veut dire « Cherche ».

— Ah...

Delphine est bilingue. Moi pas. Le chien comprend l'anglais. Il vient des States, ce clébard – un genre de petit cocker noir à poils longs. Il a été dressé là-bas, parce que c'est de là qu'elles viennent : du continent américain.

— SEEK !

Le chien est entré en trombe dans l'appartement et il court partout en reniflant ce que sa maîtresse pointe du doigt, dans chacune des pièces : table, chaises, placards dans la cuisine ; canapé, fauteuils, étagères remplies de livres dans le salon ; lit, commode dans la chambre d'Anna... Je remarque qu'il griffe mon parquet et ça me contrarie. Complètement speedé, ce chien. Le regarder bosser me stresse.

— SEEK, SEEK !

Le chien renifle comme un fou et soudain, il s'arrête. Dans le couloir. Devant le grand placard rempli de fringues – manteaux, vestes, jupes, pantalons, chemises –, de chaussures, de sacs, de valises... de bordel, entassé là-dedans depuis une bonne vingtaine d'années.

— GOOD BOY ! dit le mec et il tend au chien une petite balle en caoutchouc jaune.

Le chien mord dans la balle jaune. Il a l'air content.

— Pourquoi il s'est arrêté ? je demande – alors que je sais très bien pourquoi il s'est arrêté.

— Il a flairé des punaises.

— Y en a dans le placard, alors ?

— Ouais.

— Vous êtes sûr ?

— Il se trompe jamais. GOOD BOY, il redit au chien qui mâchouille sa baballe.

Le type lui reprend la balle et le chien continue son inspection super speedée. Quant à moi, je me sens fatigué. Regarder ce chien me fatigue terriblement.

— SEEK, SEEK !

Le chien entre dans notre chambre en griffant le parquet, il grimpe sur notre lit et s'assoit dessus.

— GOOD BOY !

Le clébard est content, il mordille sa balle jaune en bavant sur notre couette. Dégueulasse. La meuf lui reprend sa balle et lui refait inspecter chaque meuble de la chambre, après avoir déplacé le lit pour qu'il puisse en faire le tour. Le chien s'arrête et s'assoit sur le parquet, au niveau de la tête du lit.

— GOOD BOY !

Baballe jaune, à nouveau. Épuisé, je suis. Le mec s'adresse à Delphine et à moi :

— Faut désinfecter votre lit : laver les draps à 60 degrés…

— 90 degrés, ça vaut mieux, le coupe sa femme.

— Ouais… en principe 60 ça suffit mais ouais : 90, approuve le type. Et faut passer le matelas et le sommier à l'Eradicator.

— L'éradi quoi ?

— L'Eradicator. Ça crache de la vapeur à 180 degrés.

— J'ai déjà un appareil à vapeur, dit Delphine.

— Faites voir.

Delphine va chercher l'appareil et le montre au mec.

— C'est de la merde, ça. Pas assez chaud. Pour les punaises, y a que l'Eradicator. Vous le louez pour la journée.

— Où ça ?

— Je vais vous donner une adresse. Vous passez partout, deux fois, consciencieusement. Les étiquettes, les coutures du matelas, le sommier : faut faire toutes les faces, et insistez bien sur les lattes du sommier, surtout à la tête du lit. Vous allez boire un verre de vin et vous remettez ça. Encore. Faut être patient.

— Et méticuleux, ajoute la meuf.

— Les plinthes, vous les démontez avant de les passer à l'Eradicator. Deux fois. Un verre de vin et vous recommencez. Et la commode aussi : Eradicator.

— Faut que je démonte les plinthes ?!

— Oui. Elles adorent les plinthes. Bonne cache, les plinthes.

— Les vêtements de la commode, vous les stérilisez en les séchant au Lavomatic pendant une heure, dit la femme.

— Pareil pour le placard, reprend le type : vous faites l'intérieur du placard à l'Eradicator : parquet, portes, plinthes... Et vous séchez toutes les fringues et le contenu du placard pendant une heure.

— Pendant une heure ? Ça les bousille, non ?

— Pas du tout. Nous, on fait ça chaque fois qu'on rentre de voyage, après un séjour à l'hôtel : on sèche tout le contenu de nos valises. Les petits pulls en cachemire : nickel. Si vous séchez à sec, ça abîme rien.

— Et les chaussures ?

— Eradicator – elles peuvent pondre dedans.

— On va vous laisser, on a une autre inspection, dit la femme, et au chien : « Good boy ! »

Il aboie.

— Vous en avez eu, vous, des punaises de lit ? demande Delphine au mec.

— Oh oui... On a dépensé plus de 3 000 euros en traitements insecticides. Pour rien. Ça marche pas. Y a que l'Eradicator.

— Faut qu'on y aille, Marco, dit la meuf à son mec.

— Ça fera 300 euros, il ajoute.

— Ah oui.

Je le paye, en liquide.

— Allez… bon courage, dit le gars en empochant les billets.

— Merci. Bonne journée, je lui réponds.

Et ils s'en vont, avec mes biftons, leur baballe jaune et leur petit cocker noir.

Ça s'est passé il y a trois mois.

Depuis, j'ai pas chômé.

Depuis, le chien… les chiens – maintenant ils en ont deux : le noir et un autre, marron, de la même race, tout aussi speed et il griffe le parquet, pareil que son collègue – sont revenus. Deux fois.

Depuis, les chiens se sont assis sur le lit d'Anna et devant le canapé.

Depuis, j'ai fait chauffer l'Eradicator. À fond. Pour la première désinfection, on l'a loué, et puis les piqûres continuaient alors j'ai pris la décision d'acheter un Eradicator neuf. 700 euros, à crédit, en trois fois sans frais. Excellent investissement. Il trône dans le salon, à côté des sacs-poubelle remplis de fringues à stériliser. L'Eradicator est devenu un compagnon de vie. Mon meilleur pote. Je lui parle. Il est silencieux mais il comprend. Massif et arrondi, toujours à l'écoute, toujours prêt à reprendre du service. Il ne demande pas grand-chose pour remplir son office : un peu d'eau et de l'électricité.

Depuis, j'ai retourné, aspiré et passé l'Eradicator

sur les matelas, sommiers, coussins et canapé un grand nombre de fois… je ne compte plus.

Depuis, les chiens ont encore marqué l'arrêt à la tête de notre lit, ce qui est incompréhensible. Et encore au pied du canapé, ce qui est désespérant. Mais pas devant le placard. Le placard c'est réglé – jusqu'à nouvel ordre.

Depuis, j'ai séché et bousillé un très grand nombre de vêtements – mon cul que ça n'abîme rien, la sécheuse pendant une plombe… Avec Delphine, on s'est engueulés un grand nombre de fois. Violemment.

Depuis, les chiens sont durs à contacter. Ils ne rappellent pas, bien que je leur aie laissé trois messages sur leur boîte vocale.

Depuis, Andrés Mora est devenu aussi insaisissable que les punaises de lit.

Je pourrais donner des conférences.

Jusqu'à 10 œufs par jour. Entre 50 et 70 œufs par semaine, par tête de pipe. Rien que pour un individu femelle, jusqu'à 70 descendants par semaine qui, à l'âge adulte, pondront à leur tour leur ration d'œufs quotidiens. 70 multiplié par 10, chaque jour que Dieu fait.

Ça file le vertige.

Tête qui tourne. Fait chaud. Trop chaud, chez moi. Je vis en slip. Torse nu. Je m'agite dans les nuages de vapeur à 180 degrés, le pistolet de l'Eradicator en main.

Eradicator-man.

Je carbonise à tout-va.

Faut rien laisser au hasard.

« Tout est possible » : c'est le gars des chiens, qui l'a dit. Partout, elles peuvent être. Y a pas que le lit. Oh non… ce serait trop simple. Les plinthes, ouais… les plinthes : OK. Les prises, OK : done. Les rideaux : je les ai séchés – ils ont perdu dix centimètres en longueur. Les tableaux : je les ai virés. À la cave, les tableaux. Ils me manquent pas, les tableaux. Murs nus, dans la chambre. Impératif, les murs nus. La lampe ?… Non, pas la lampe, elles aiment pas avoir trop chaud. L'interrupteur de la lampe ? Mais ouais ! Possible, l'interrupteur. Eradicator. Faut faire gaffe. C'est de la vapeur sèche mais parfois y a de l'eau qui coule.

Fais gaffe, quand même.

Eradicator-man : j'éradicatore tout ce qui me tombe sous la main.

Andrés Mora. Je vais le cramer, lui aussi.

Andrés et les punaises : faut en finir.

Faire d'une pierre deux coups.

Quelque chose de définitif.

Andrés, je le vois pas… Il m'évite. Il répond pas. Il rappelle pas. Combien de messages je lui ai laissés ? Quatre, cinq ?… Je le vois plus mais il me pourrit la vie, plus gravement encore que les punaises de lit. Un sacré pompeur, Andrés Mora. Punaise. Un pompeur de première. Personne ne lui arrive à la cheville, question pompage de bites – et de bien plus que ça… Ah il m'a tout pompé, l'enfoiré !

Et les punaises pompent le peu qui me reste.

Il rappelle pas, Antoine.

Et les chiens non plus.

Ils ont eu mes messages. Forcément.

Personne ne rappelle.

Comme si je n'existais pas.

Je suis mort, peut-être.

Je suis mort ou quoi ?

— Seek, Joséphine, seek !

Tranquille, Joséphine. Pas speed pour un sou, ce grand chien gris. Tant mieux. Joséphine me stresse moins que les deux petits cockers surexcités qui ont déjà sniffé l'appartement – ces deux clébards-là sont devenus des stars : trop d'attente pour un rendez-vous incertain… j'ai donc dû me résoudre à faire appel à une autre entreprise de détection canine.

Le maître de Joséphine est un petit gars maigre aux cheveux gris, de la même couleur que les poils de son chien. Alors que Joséphine a commencé son inspection depuis quelques minutes, elle s'arrête et s'assoit devant la bibliothèque du salon, remuant la queue en regardant son maître.

Non.

Pitié.

Pas la bibliothèque.

— Qu'est-ce qui se passe ? je demande. Elle a flairé des punaises ?

— Naan elle joue, là, me répond le gars et il sort un sucre de sa poche et le file à Joséphine en la grondant gentiment.

— No… Joséphine… no… You seek, now !

— Il faut insister sur le canapé. La dernière fois que des chiens sont venus, y avait des punaises dans le canapé, je dis.

Je le déplace afin que Joséphine puisse en faire le

tour et elle s'arrête, s'assoit et stationne derrière le canapé.

— Là, y en a encore, affirme le type, et il donne un sucre à Joséphine en la félicitant : « Good, Joséphine ! »

— Vous arrivez à faire la différence, quand elle s'arrête pour jouer et quand elle s'arrête pour les punaises ? je demande.

— Ah oui. Là, elle a reniflé des punaises. C'est net. On refera un tour de l'appartement pour confirmer.

Joséphine continue son inspection, pépère, en s'arrêtant souvent pour quémander sa petite friandise : dans la chambre d'Anna, mais « c'est pour jouer », m'explique son maître en lui refilant un susucre. Puis Joséphine s'arrête dans notre chambre, à la tête du lit – toujours au même endroit. Là, c'est du sérieux. Joséphine ne remue pas la queue et elle regarde le lit.

Je suis fatigué – finalement, Joséphine me fatigue tout autant que les deux cockers. Fatigué mais pas surpris. Ça explique les piqûres en ligne, sur mon cou et mon dos.

Pas surpris, non.

Légèrement désespéré.

— Comment c'est possible qu'il y ait encore des punaises dans le lit alors qu'on a mis des housses étanches sur le matelas et le sommier ? je demande au mec.

— Hummm… C'est bizarre, ouais… Vous savez… c'est compliqué, les punaises. Très compliqué.

Oui. Je sais.

— Ce que vous faites, reprend le type… vous traitez une nouvelle fois à l'Eradicator, le lit et le canapé, et puis vous rebouchez au silicone, autour des pieds de lit et au dos du canapé. Là où elles peuvent passer. Elles se faufilent partout, ces saletés.

— D'accord… Je vais faire ça.

— Je suis pas inquiet. Y en a pas beaucoup. Vous y êtes presque, là.

— Je vous dois combien ?

— 250 euros.

En chèque. Joséphine est moins chère que les deux cockers – elle ne boxe pas dans la même catégorie.

J'ouvre les yeux.

J'ai l'impression de les sentir courir sur ma peau.

J'allume la lumière.

Je m'éjecte du lit comme un ressort et je scrute les draps. Blancs, les draps : impératif. Les punaises détestent le blanc. Les punaises kiffent le dark. Je soulève le drap-housse et l'alaise. Rien.

Delphine grogne.

— Qu'est-ce que tu fais ?

— Je checke les draps.

— Tu peux éteindre la lumière, s'il te plaît ?

— Attends… La couette traîne par terre, de ton côté. Lève-toi, on va border.

Delphine se lève en bâillant.

— Ton oreiller… il est contre le mur.

— Ah oui… bien vu. Merci, chérie.

— De rien. Éteins, maintenant.

— Bonne nuit…

Delphine ne répond pas. Elle soupire. Elle me tourne le dos.

Je garde les yeux ouverts. J'écoute le silence. Ça n'existe pas. Le silence n'existe pas. Et les punaises, elles existent ? Est-ce qu'elles existent ailleurs que dans ma tête ? Je pose la question parce que, depuis des mois que ça dure, je n'en ai pas vu une seule. PAS UNE SEULE putain. Quelques traces noirâtres sur les draps, des petites taches de sang, des micro-boules noires – leurs chiures – et les piqûres. Ah ça… je les ai pas rêvées, les piqûres.

Le petit mec gris – le maître de Joséphine –, il m'a dit :

— Quand on les voit, c'est que le problème est devenu grave. J'ai inspecté des appartements : là, on les voyait. À l'œil nu. Une vraie catastrophe. Partout, y en avait. Joséphine était dingue ! En panique totale. Elle savait plus où donner de la truffe.

Qu'est-ce que je disais ?

Suis fatigué.

Le manque de sommeil. À cause.

Je disais quoi, déjà ?

Ah oui… Est-ce qu'elles existent ? Je me pose la question. Normal. Faut s'en poser, des questions. Douter. C'est important.

Pourquoi je disais ça ?

Qu'est-ce qui existe, hein ?

Je suis pas sûr, moi.

Andrés Mora existe. Sur les réseaux sociaux il explose. Il existe, bien sûr ! On a des preuves matérielles de son existence. Les punaises, on a des preuves aussi. Les chiens ont parlé. Alors faut arrêter. De douter.

Andrés Mora existe : c'est moi.

Andrés Mora brille, comme une étoile morte.

Il se pavane. Sur Instagram on ne voit que lui.

Andrés Mora. Déjà 3 169 followers.

Ça me démange. Le dos, surtout. Faut pas gratter. Ça aggrave, de gratter. Putain comment ça me DÉMANGE ! De balancer un commentaire @andresmora. « Eh oh Andrés, coucou c'est moi. Tu me remets, Andrés ? »

Mais faut pas. C'est pas le moment. Pas encore.

Arrête de te gratter.

Je suis devenu invisible, aux yeux d'Andrés. Je ne suis plus dans son champ de vision.

Allez, Antoine, redescends.

Il est perché ce con.

Lui non plus, il sait plus qui il est.

— Delphine !

— Oui ?

— Mets tes lunettes et viens.

— T'es où ?

— Dans la salle de bains.

— Qu'est-ce que tu veux ? Je suis en retard.

— Regarde mon dos. Y a pas des nouveaux boutons, à gauche du grain de beauté ?

— Je vois rien.

— REGARDE ! Attentivement s'il te plaît. Clavicule droite, à gauche du grain de beauté. Y en a trois.

— Là ? Ah... ouais... peut-être... Ils sont minuscules. Ça te gratte ?

— Oui.

— Ça pourrait être des vieux boutons qui se réveillent, non ?

— Possible... Je sais pas. Ouais... y a des petites croûtes... Va chercher un Bic pour les entourer.

— Benoît... Ça tourne au délire, là.

— Tu proposes quoi d'autre ? Qu'on vide le Livret A pour payer les chiens ad vitam æternam ?

— Tu devrais t'aérer la tête. Sortir un peu.

— *Il n'y a plus de punaises quand il n'y a plus de piqûres, depuis au minimum deux mois* : c'est écrit sur le mode d'emploi de l'Eradicator. Alors on va entourer les boutons qui existent et surveiller si des nouveaux apparaissent. Objectif zéro piqûre. Vas-y, entoure.

— OK...

— Et le cou… faut faire le cou, aussi… Tiens, y en a un, là.

— A y est.

— T'as tout entouré ?

— Ouais.

— Refais un petit check… Parfait. Maintenant, prends une photo de mon dos avec mon iPhone.

— Voilà. Allez… habille-toi et va prendre l'air.

— Mouais.

— Je t'assure. T'en as besoin.

— OUAIS ! OK, Delphine. J'ai compris.

Je pense souvent à Antoine. Il me manque. Je ne le reconnais pas. Tout ce qui me troublait, m'excitait, me touchait en lui… sa fragilité, son manque de confiance, sa naïveté… Tout ça s'est évaporé.

Qui est ce guignol qui s'exhibe sur Instagram ? Il a changé sa manière de se fringuer. On dirait une pub pour The Kooples. Il se maquille les yeux ou je rêve ? Et ces grosses lunettes ?! Jamais je ne l'ai vu porter des lunettes !

Tu joues à l'écrivain, c'est ça ?

Crétin.

Il a pris la grosse tête.

Fais gaffe, tu vas exploser.

Andrés Mora, c'est pas toi. Imbécile.

Fais gaffe, Antoine.

Un jour ou l'autre, tu paieras.

Tu paieras le prix fort.

C'est quoi, ce sac-poubelle ?
Qu'est-ce qu'il fait là, ce sac-poubelle ?
Y a quoi là-dedans ?
Il est mal fermé, en plus.

— Anna ? C'est tes fringues, dans le sac-poubelle ? Par terre dans le salon ? FAUT PAS laisser traîner des sacs-poubelle n'importe où comme ça, putain ! Sans indiquer ce qu'y a dedans, et si c'est stérilisé ou pas. Mal fermé, en plus ! Faut faire un double nœud. Merde ! On va jamais y arriver. Tu entends ce que je dis ? Je fais QUOI, moi, avec ce sac ? Ben on va stériliser. Désolé mais j'ai pas le choix. Je vais tout sécher, et faudra pas venir me faire chier, après. Si tes fringues taillent du douze ans. Tu m'entends, Anna ? ANNA !! RÉPONDS, merde !

Elle est pas là.
Elle est sortie… aurait pu m'avertir.
Petite merdeuse égoïste.
Delphine aussi est sortie.
Je suis tout seul.
Cassez-vous.
Bande de connasses.
Je vais les sécher comme il faut, vos fripes. Tout l'après-midi dans la sécheuse, au max de la chaleur comme ça on sera tranquille.
Merde ! Marre, à la fin.

C'est *moi* qui gère cette galère, depuis le début, de bout en bout.

Elles percutent pas, les connasses.

Faut de la rigueur, sinon on est foutus.

De la rigueur, putain.

J'en étais où dans les sacs-poubelle ?

J'essaie de lire. De relire. *Pseudo*, d'Émile Ajar.

Dès la sortie de mon premier ouvrage d'affabulation, on a commencé à remarquer que je n'existais pas vraiment et que j'étais sans doute fictif.

J'y arrive pas. J'arrive plus à lire.

Écrire ? Inutile d'essayer.

Y a comme un grand courant d'air à l'intérieur de moi.

Un méchant vide que rien, ni personne, ne peut remplir.

Ça part du bide, remonte l'œsophage et le gosier pour envahir les combles, dans le cerveau, et ça souffle en permanence.

Ça souffle et ça ricane, aussi.

J'ai cauchemardé. Des punaises de lit géantes. Alien.

Je ne le ferai plus : taper *Punaises de lit* sur Google Images. Passer une plombe à détailler des photos haute définition. Leur couleur, qui varie du caramel au brun foncé quand elles sont gorgées de sang. Leur forme – les femelles sont plus arrondies –, leur corps est si plat (*de l'épaisseur d'une carte de crédit*) qu'elles se faufilent partout en rampant sur leurs six pattes. Elles se reproduisent par *insémination traumatique* : le mâle transperce l'abdomen de la femelle avant de lui envoyer une bonne rasade de sperme qui permettra à la punaise femelle de continuer à pondre quotidiennement, sans avoir de rapport sexuel. Pour vivre heureuse, elle n'aura besoin que de sa ration de sang, tous les trois ou quatre jours, voire seulement une fois par semaine. *Un repas dure en moyenne cinq à vingt minutes.*

VINGT MINUTES.

Les piqûres sont indolores : elles injectent un anesthésiant et un anticoagulant avant de festoyer. Une punaise de lit en pleine forme *peut jeûner jusqu'à deux ans* sans crever.

Voilà le topo.

Promis, je ne le ferai plus : taper *Punaises de lit* sur Google Images – c'était pour m'assurer que ce petit insecte brun que j'ai écrabouillé sur le mur… mais non… il avait des ailes.

J'ai encore cauchemardé. Leurs grosses carapaces brunes et striées, en Cinémascope. Elles attaquaient en bande. Un film d'horreur.

Sueurs d'angoisse, au petit matin.

Je me réveille, bien avant le lever du jour. Ne parviens pas à me rendormir.

Sortir de ce lit – leur garde-manger –, vite.

Je chausse mes lunettes – sale gueule ce matin, teint cireux et yeux cernés – et examine mon dos dans le miroir de la salle de bains : R.A.S. depuis que Delphine a entouré mes boutons au Bic noir.

Parfait.

Je reprends espoir.

C'est pas foutu.

La vie te réserve encore de belles surprises, Benoît Cardan.

Garde confiance.

Tu tiens le bon bout. Les punaises n'auront pas ta peau.

Andrés Mora non plus.

Je vais les niquer.

Lui, elles, tous.

Je vais TOUS les niquer.

Sonnerie Harpe. L'ancêtre. Encore ! Pas le temps, vieux. J'ai une journée très chargée : désinfection méticuleuse à l'Eradicator du canapé, du lit (matelas et sommier) et de la commode – je l'ai entièrement vidée, la commode.

Je suis content de moi. Ah oui. Un peu, que je suis content. Je viens de mettre au point une nouvelle méthode de stérilisation. La chambre à gaz.

Je t'explique, papa : je mets les vêtements à stériliser (pas trop à la fois) dans une taie d'oreiller anti-punaises de lit. J'introduis la buse de l'Eradicator dans la taie d'oreiller, la coince en remontant la fermeture éclair au maximum. Et vas-y que je te balance de la vapeur à 180 degrés. Pendant deux ou trois minutes. Ah ah ! Un meurtre de masse. La taie se gonfle comme une baudruche. Je te prie de croire que ça chauffe là-dedans. Comme en enfer. Elles n'ont AUCUNE chance de survie. Quand je ressors les fringues de la taie d'oreiller, elles sont humides et bouillantes, tellement que je me brûle les doigts.

Tu sais quoi ? C'est décidé : toutes les fringues de l'appartement vont y passer. Allez hop. À la chambre à gaz.

Parce que ça suffit, maintenant.

Ça n'a que trop duré.

Je ne peux pas prendre le risque qu'il en reste UNE.

UNE SEULE punaise de lit qui survit, et le cauchemar continue.

Tu me suis, papa ?
Alors, toutes les fringues : chambre à gaz.
C'est la solution finale.
Demain ce sera réglé. Pour de bon.
Je te rappellerai demain, papa, OK ?
J'ai du boulot, là.

— Qu'est-ce que t'as fait, avec mes bottines ? Elles sont foutues !

— Mais non. Cire-les et ça ira.

— Tu rigoles ! T'as vu la semelle ? Elle se décolle.

— Je vais la recoller.

— Et le cuir, il est tout cartonneux… Poubelle ! Elles sont mortes. Tu les as cramées avec ton Eradicator ?

— J'avais pas le choix, Delphine. Les punaises sont attirées par les odeurs corporelles, elles pondent dans les chaussures, c'est…

— TAIS-TOI. Par pitié. Ferme ta gueule.

Elles sont parties
« Je craque », m'a dit Delphine
Moi aussi je craque mais je reste
Je me bats
Je vais quand même pas déclarer forfait maintenant
Après tout ce que j'ai fait
Je reste là
Et je pourrais aller où, hein ?
Dans la rue ?
Comme le SDF qui lit, adossé à une palissade, devant le Monoprix
Non non je reste ici
Chez moi
Avec mon Eradicator
Sur le pied de guerre
On ne manque pas d'occupations
Delphine et Anna, elles sont parties
« C'est la goutte d'eau », m'a dit Delphine
Tout ça parce que j'avais balancé son blouson en lynx à la poubelle
Il puait la vieille fripe, ce blouson de merde
Lâcheuse
Tire-toi !
Va retrouver ton connard cravaté
Elles ont bon dos, les punaises
Faut pas me prendre pour un con
Tirez-vous !

Et n'oubliez pas vos frusques, surtout

Bon débarras

Allez ouste

Ciao

Me voilà tranquille

Avec mon Eradicator

N'est-ce pas, qu'on est tranquilles ?

Je vais déboucher une bouteille de pinard pour fêter ça

Allez, tchin !

J'ai rêvé de Romain Gary. Il était assis à mon chevet. Il ne me regardait pas, il fumait un cigare en silence, ses gestes étaient lents et détachés. Je n'étais pas incommodé par l'odeur de la fumée qu'il recrachait par la bouche, sans l'avaler. Il ne me regardait pas mais sa présence était bienveillante, comme s'il veillait sur moi. Je n'osais pas bouger. Je l'observais, je le trouvais beau et fatigué. Vieux et beau mais pas vieux beau. Les grands écrivains sont plus beaux vieux que jeunes. Ils sont très bien photographiés, faut dire.

À l'endroit où j'ai l'habitude d'écrire il y a, accrochée au mur devant mon bureau, une photo de Romain Gary, très connue. Il porte un pull sombre. Son menton repose sur sa main droite repliée et le coin droit de sa bouche remonte légèrement, esquissant un sourire ironique alors que le coin gauche descend, ce qui lui donne un peu l'air las et vaincu. L'œil droit nous regarde, ou presque, mais l'œil gauche se perd dans le vague, vers les hauteurs. Ses sourcils noirs et fournis remontent vers les tempes. Ses cheveux aux racines grisonnantes, assez longs, sont coiffés en arrière comme une crinière.

On dirait un vieux lion qui a tout vu. Un vieux lion qui sait.

C'était ce Romain Gary qui était assis à mon chevet et qui fumait son cigare sans s'occuper de moi.

J'ai sorti le Smith & Wesson de son carton – passé un petit moment à le chercher, je ne me rappelais plus où je l'avais planqué. C'est la fatigue. Le manque de sommeil haché en petits morceaux d'angoisse. Je l'ai soupesé, retourné et puis je l'ai chargé.

Il est lourd. Encore plus lourd avec les balles.

Faut bien peser les choses, avant d'y aller.

Je n'agirai pas sur un coup de tête.

Faut réfléchir.

Réfléchir... et puis agir.

En toute conscience.

On ne peut pas continuer comme ça.

Moi et Andrés.

Y en a un de trop.

Faut en finir, maintenant.

Je suis resté là un moment, assis par terre avec le Smith & Wesson entre les mains, et soudain je me suis vu d'en haut, comme si j'étais sorti de mon corps.

Je regardais un type en train de regarder son flingue et ce type, c'était moi.

Et je me suis demandé comment j'en étais arrivé là.

DEUXIÈME PARTIE

AVANT LA GUERRE

Il roulait depuis combien de temps ? Trois heures, cinq heures, huit heures ? Abruti, hébété – non pas hébété, c'est moche hébété, ça sonne mal…

Depuis combien de temps au juste enchaînait-il ces putains de virages en épingle à cheveux, les doigts crispés sur le volant, la mâchoire contractée et les yeux rougis par l'effort qu'il faisait pour les garder ouverts – l'effort qu'il faisait… c'est lourd.

… les yeux rougis par l'effort prolongé, de plus en plus douloureux, de les maintenir ouverts et sa vue se brouillait, comme voilée d'une fine pellicule grasse – à moins que ce ne fût le pare-brise… Il commençait à avoir du mal à fixer la route. Le paysage ondulait, les distances se jouaient de lui. Il aurait dû…

— Chéri…

— Mmmm ?…

— Tu peux te dépêcher s'il te plaît ?

— Tu veux qu'on change de position ?

— Non non… juste, si tu peux faire vite… Je suis fatiguée.

— Tu me dis quand tu jouis ?

— T'occupe pas de moi.

Après un dernier virage, la route s'arrêtait pour finir en cul-de-sac, de manière abrupte. Impossible de faire demi-tour – pas assez de place pour manœuvrer. Quelle autre option ? Faire marche arrière pour se retaper des kilomètres de virages en roulant à reculons ? Il descendit du véhicule – pas du véhicule…

Il ouvrit la portière, se déplia pour descendre du véhicule – bah si, du véhicule…

Il boutonna sa veste en frissonnant. Le soleil était sur le point de disparaître derrière la masse montagneuse qui se dressait devant lui. À ses pieds, l'amorce d'une pente raide. Un mur de caillasses. Il alluma une clope, inspira profondément en fermant les yeux. Il tira deux ou trois taffes, écrasa le mégot sous la semelle de ses baskets. Pas vraiment les chaussures adéquates pour faire de la rando en milieu hostile, se dit-il. Il enfonça les mains dans ses poches et commença à gravir le massif racailleux – rocailleux, pas racailleux… oh si… j'aime bien, le massif racailleux, tiens… C'est dissonant et surprenant, racailleux.

Il enfonça les mains dans ses poches et commença à gravir le massif racailleux en se concentrant sur chaque pas, sans savoir où ça le mènerait – point.

Point final.

Je l'ai gravi, le massif racailleux !

Je me relirai demain.

Non, pas demain. Faut laisser refroidir. La semaine prochaine.

La semaine prochaine ? T'es fou. Je tiendrai jamais.

Demain ? Allez, après-demain.

Vais boire un coup, en attendant.

Point final ! Alléluia.

— Tu veux une coupe de champagne ?

— Oui !

— Alors, t'en penses quoi, de la fin ?

— Ch'ais pas… C'est bizarre, cette route qui mène nulle part.

— Pas nulle part : au pied d'une montagne.

— Ça existe, ça ? Une route qui mène au pied d'une montagne, et tu peux même pas faire demi-tour ?

— On s'en fout, que ça existe ou non.

— Peut-être qu'on s'en fout mais c'est un peu frustrant de finir là-dessus. Ton mec, il est là, devant la montagne, and so what ?

— C'est une fin ouverte.

— Ça veut dire quoi, une fin ouverte ?

— C'est le contraire d'une fin fermée où tout est verrouillé. Au lecteur d'imaginer un tas de possibles… C'est plus mystérieux, une fin ouverte.

— Je vois pas trop ce qui est mystérieux. Il va lui arriver quoi, au gars ?

— À toi d'imaginer. C'est une métaphore, la montagne.

— Ouais… la montagne à escalader… C'est un peu gros, comme métaphore, non ?

— Ah… Tu trouves ?

— Ça signifie qu'il a pas fini d'en chier, c'est ça ?

— Exactement.

— C'est pas très réjouissant.

— Comme la vie. La bonne littérature, c'est pas forcément réjouissant.

— Mouais… La montagne, ça bouche l'horizon. C'est un cul-de-sac, ta fin ouverte.

— Hummm…

— Moi je dis ça, je sais pas…

— T'as raison : c'est de la merde, cette fin !

— Non, c'est pas de la merde. Mais tu peux faire mieux…

— Sûrement. Tchin.

— Tchin.

— Il pourrait y avoir quoi alors, au bout de cette putain de route ?

— Attends je réfléchis… Et si y avait un passage à niveau ?

— Ah c'est intéressant le passage à niveau… J'aime bien. Alors il se retrouve devant le passage à niveau et il se passe quoi ?

— La barrière pourrait rester fermée.

— Ouais, ouais… elle reste fermée… Mais qu'est-ce qu'elle fout, ta mère ?

— Elle doit être coincée en réunion, ou dans les bouchons.

— On l'attend pour commander ou pas ?

— Oui… on attend encore un peu.

— Je vais commander du vin, déjà… Tu sais quoi ? La barrière reste fermée mais le train ne passe pas.

— Et il fait quoi ton gars ?

— Il attend dans sa bagnole. Un bon moment. Puis il sort, il regarde… Rien à l'horizon. Alors il remonte dans sa voiture, il fait marche arrière, pour prendre de l'élan, et BAAAMMM, il fonce, droit devant, et il explose les barrières.

— Et le train passe à ce moment-là ?

— Pas forcément. On sait pas. Ça se termine comme ça. Sur l'explosion des barrières.

— C'est un peu suicidaire, comme fin.

— Ouais. J'adore.

— C'est mieux que la montagne en tout cas.

— T'es géniale, ma fille chérie. Tchin.

— Tchin.

Je marche dans la lumière pâle du soleil d'hiver. Bon sang, arrête de vivre en écrivant et d'écrire en vivant, Benoît Cardan. Je marche, donc. D'un bon pas, mon enveloppe sous le bras. Je marche d'un bon pas en slalomant à travers la foule de passants pressés. Ils vont bosser, ont rendez-vous, sont en retard sans doute… Moi aussi je suis pressé. Moi aussi j'ai rendez-vous. Avec Jacques, pour lui remettre le contenu de mon enveloppe. Six mois de boulot, six mois de doute et de gamberge. Voilà. J'arrive, Jacques. Je sais que tu m'attends et je ne te décevrai pas.

Neuf ans, dix ans, onze ans, qu'on se connaît ?… Je sais pas, je compte plus. Ce qui compte c'est de continuer, ensemble, à escalader ce putain de massif racailleux. Step by step. Un peu plus haut, à chaque livre. Il ne lâche rien, le Jacques. Il pinaille, il dissèque, il encule les moucherons. Il va me faire rebosser le début. Forcément. Et la fin, évidemment. Il va me faire tailler dans le gras. Ensuite il se posera la question de revenir à la version précédente et on s'engueulera gentiment. Il voudra changer le titre. On ira boire un coup et on en cherchera un autre. Un qui claque. On commandera des bières jusqu'à ce qu'on ne trouve pas de titre, pas ce soir-là, alors il faudra remettre ça et on se retrouvera à nouveau en terrasse pour discuter de tout sauf du titre et il me parlera de la jeune femme dont il est tombé fou amoureux. Margot ? je lui demanderai. Non, pas Margot, c'est fini avec Margot. Et il me racontera Juliette. J'écouterai ses confidences d'imbécile heureux avec une pointe de jalousie. Je lui conseillerai de penser au titre la prochaine fois qu'il baisera avec Juliette. On trinquera. À nous, à nos livres, à l'amour, à la littérature, à la vie.

J'arrive, Jacques. Je ne te décevrai pas. Tu sais quoi ? C'est mon meilleur texte. Je crois bien que j'en suis sûr.

J'arrive, Jacques.

Il va m'appeler. Vite.

On s'est vus, pas longtemps – il est un peu débordé, l'ami. De toute façon, y a pas grand-chose à dire quand on apporte un manuscrit.

— Lis-le vite et appelle-moi vite.

Voilà ce que je lui ai dit. Inutile de dégoiser en long en large et en travers à propos du sujet du roman, de baratiner sur la psychologie des personnages, de spoiler l'intrigue, de chercher à vendre sa came comme un pathétique représentant de soi-même. Non non. Surtout pas.

Je préférais son bureau d'avant, plus petit, plus sombre, plus bordélique, moins froid. C'était avant le rachat, la fusion, l'englobage, l'entubage, la dévoration – nommez ça comme vous voulez – de sa maison d'édition par un gros groupe. Avant, il était plus détendu, Jacques.

C'est comme ça. Y a rien à regretter. Je ne vis pas

dans le passé, moi. C'était mieux avant. Non ! Enfin si, peut-être, mais tant pis. Le monde change. C'était mieux avant. Faut pas dire ça. Faut aller de l'avant, Benoît Cardan.

Il va m'appeler, Jacques. Il sait ce que c'est, d'attendre. De douter en attendant. De se ronger en doutant. Il sait. Il me connaît, Jacques. Il va m'appeler. Vite.

— T'en fais une tête, ça va pas ?

— J'ai mal au ventre... ma gastrite chronique... J'espère que c'est pas en train de cancériser.

— Ah ah !

— Tu trouves ça drôle ?

— Je suis pas du tout inquiète.

— Tant mieux... J'ai une mine de déterré, non ?

— Je t'ai connu pire.

— Je suis fatigué... Anormalement.

— Chaque fois que tu viens de terminer un roman, c'est le même scénario : ta gastrite se réveille, tu te trouves une mine de cancéreux en phase terminale, il te reste quelques mois à vivre...

Je réponds rien. Delphine s'approche de moi, caresse mes cheveux et m'embrasse sur le front. J'enlace sa taille et enfouis ma tête dans son ventre. Moelleux et ferme. Elle porte une jupe en velours rouge, très douce au toucher.

— C'est nouveau cette jupe ?

— Oui.

— Elle te va bien.

— Merci. Je vais être en retard.

— Tu peux pas rester un peu ?

Je caresse l'intérieur de ses cuisses gainées dans un collant noir et soyeux.

— J'aimerais bien… mais j'ai une réunion client ce matin.

Elle me gratifie à nouveau d'un petit baiser. Elle boit un verre d'eau, le range dans le lave-vaisselle, essuie la table avec une éponge humide. Ses gestes sont vifs et précis. Elle est bien habillée, bien coiffée, maquillée juste ce qu'il faut. Elle sent bon. Je reste assis en la regardant s'agiter, s'éloigner. Elle sort de la cuisine, je l'entends ouvrir le placard du couloir, enfiler son manteau.

— À ce soir !

— Rentre pas trop tard.

Delphine est déjà dans l'escalier. Anna est déjà partie. Mon café est froid.

— Allô, Jacques ?
c'est Benoît…
je te dérange pas ?…
alors ?…
t'as fini de lire ?…
ouais ?!…
content que ça te plaise !
bon… on se voit quand, pour en parler ?…
la semaine prochaine tu peux pas ?…
mardi en quinze, parfait, je note…
je serai content de te voir…
ouais, ahah…
moi aussi…
ciao, à vite !

Je nettoie l'évier, le lavabo et la baignoire au vinaigre blanc, les chiottes à l'eau de Javel, je dépoussière les étagères, je passe un Sopalin imprégné de cire sur les meubles en bois ; dans la chambre je nettoie l'écran plat avec un chiffon antistatique – oui le grand écran plat est dans notre chambre et on mate des séries sur Netflix jusqu'à des heures indues, c'est pas bien l'écran dans la chambre, je lis moins le soir mais quand j'ai écrit toute la journée j'ai pas envie de lire –, je dépoussière la commode, les lampes et ensuite, quand j'ai fait la poussière, comme dirait la femme de ménage… ça fait un bail qu'elle n'est pas venue et tant mieux, sa présence me dérangeait, je ne pouvais pas travailler quand elle était là, elle cassait souvent des trucs et la vérité c'est qu'on n'a plus les moyens de se payer une femme de ménage mais ça ne me dérange pas de faire le ménage, je pense à rien ou presque, uniquement à rendre l'appartement propre ce qui éloigne les pensées toxiques (pour un court moment au moins), me donne de l'énergie et une certaine confiance en moi : avant c'est sale après c'est propre (visible à l'œil nu) et cette certitude me rassure car à part celle-ci, j'en ai pas des masses, de certitudes… Quand j'ai fait la poussière donc, je passe l'aspirateur partout et enfin je nettoie tous les sols (carrelages et parquet) avec une serpillière humide, juste imprégnée d'eau, et tous ces gestes familiers et mécaniques, je les accomplis de préférence en musique, mon iPhone en écoute aléatoire exhume certains morceaux que j'avais oubliés et je chante ou je siffle en m'activant comme une parfaite petite ménagère, j'aime que l'appartement soit propre, j'aime éradiquer la crasse, éliminer les moutons, j'ai la saleté en horreur, surtout dans mon bureau, il me semble que si je la laissais s'installer, la crasse, elle contaminerait mon clavier, mes doigts, mes poumons et ma cervelle et que mes textes se couvriraient de poussière graisseuse et tenace, comme les ustensiles de cuisine qui ne servent jamais, c'est pour ça qu'il est impératif que l'endroit où je vis et où je travaille, l'endroit où j'écris, soit propre – ici c'est bordélique mais pas sale, je suis devenu expert dans l'art de nettoyer en slalomant dans le foutoir des cahiers, stylos, paperasses, livres… Partout, il y a des livres et je ne sais plus où les mettre.

Va falloir que je trouve une solution pour garer tous ces livres.

Trop de livres, ici et ailleurs.

Ils finissent presque tous au pilon.

Désolé Benoît, suis obligé de reporter notre RV…
un empêchement de dernière minute.
Mardi prochain à 10 h, tu peux ?

— Comment tu vas, Benoît ?

— Bien bien… J'ai la forme ! Et toi ?

— Ça se voit. Tu rayonnes. Boh moi… je mange trop, je bois trop je vapote trop… J'ai du cholestérol… M'en fous.

— T'as raison.

— Perdu pour perdu… je profite. J'ai grossi quand même, tu trouves pas ?

— Mais non. Tu bouges pas, Jacques. T'as toujours eu un physique accueillant.

— Ah ah ! C'est joliment dit. Je suis confortable, c'est vrai.

— Elles aiment ça, les femmes.

— Merci, tu me rassures. Parce que c'est pas la fête, là. Je viens de me faire larguer.

— Merde ! Par Juliette ?

— Non, Juliette je l'ai quittée… enfin plus ou moins quittée, tu vois ce que je veux dire… Elle était merveilleuse, Juliette, mais j'ai passé l'âge de me faire gourmander par une cheffe scoute. Je vais te dire : plus je vieillis, moins j'aime les femmes autoritaires.

— Comme je te comprends…

— Elle est autoritaire, Delphine ?

— T'en connais, toi, des meufs qui ne le sont pas ?

— Euh… attends, je cherche… Putain je trouve pas. Remarque… je crois que j'aime ça. Elles m'excitent, les femmes couillues.

— Sacré Jacques. Tu me fais rire.

— Tant mieux. Parce que je rigole pas, moi, en ce moment.

— T'inquiète, ça va s'arranger.

— Ah… tu me fais du bien… je suis content de te voir, mon Benoît.

— Et moi donc.

— Tu veux un café ?

— Non, merci. Alors ?… Tu m'as lu ?

— Bien sûr que je t'ai lu.

— T'as aimé ?

— Ouais… Il est bon, ton texte.

— Je savais que ça te plairait.

— Tu m'as surpris. Surtout la fin… je m'attendais pas à ça. On est décontenancé.

— C'est le but. Tu refermes le livre et tu commences à gamberger.

— Exact. Rohh… ça n'arrête pas de sonner depuis ce matin. Je décroche pas. Ah si, excuse-moi Benoît, faut que je décroche, là. « Allô ! Merci de me rappeler… Magnifique ! J'ai adoré. Attendez… j'attrape mon agenda. Après-demain ? 16 heures ? Parfait. Et bravo, hein ! » Excuse-moi, Benoît… Qu'est-ce qu'on disait ?… oui, ton roman ! T'as bossé, on sent que t'as bossé.

— Merci. J'ai peaufiné. Tu me connais.

— Et comment. C'est fouillé, précis, comme écriture… Ton personnage est attachant. Il te ressemble, un peu. Pas vrai ?

— Je peux rien te cacher. Par cœur, tu me connais.

— Comme si je t'avais fait.

— On le sort quand ? En septembre ?

— Humm… Non…

— Quand alors ? Janvier ?

— Écoute Benoît… c'est pas facile, ce que j'ai à te dire… Rohhh, putain de téléphone… je le coupe… voilà. Non… franchement c'est pas facile à dire… Écoute… je ne peux pas publier ton texte.

— Quoi ?

— Je suis vraiment désolé, Benoît… Je ne publierai pas ton roman. *J'adore* ton texte, mais *je ne peux pas* le publier. Hélas.

— Tu plaisantes, là.

— Non. J'aimerais bien, crois-moi…

Long silence.

Je me sens translucide.

Si on me poignardait maintenant, mon sang serait transparent comme de l'eau.

Je regarde la scène se dérouler, en spectateur impuissant.

Tout est déjà écrit.

Je le sais.

Tu le savais, Benoît Cardan.

Jacques Moulet est rouge.

Benoît Cardan est blanc.

Jacques Moulet a la bouche sèche, ça s'entend quand il dit :

— Je suis plus le seul à décider, tu sais…

Sa voix résonne dans le crâne vide de Benoît Cardan qui le regarde. C'est Jacques ? Est-ce que c'est bien Jacques ? Oui.

Benoît Cardan lui répond :

— Non, je savais pas. Je croyais que tu avais conservé ton indépendance éditoriale. Tu nous l'as assez répété.

— Je le pensais. Mais les choses changent. J'ai des comptes à rendre maintenant. On a regardé les chiffres de vente de ton dernier roman : c'est pas bon… pas bon du tout.

— Y a plus que ça qui compte alors ? Les chiffres de vente.

— Pas pour moi. Mais pour eux hélas, c'est le premier critère.

— Qui, eux ?

— Les financiers, les cost controllers. On doit faire avec…

— Y a quelque temps, tu nous tenais un tout autre discours.

— Je te le répète : les choses changent. Vite, très vite. Avant d'envisager toute publication, on est obligés de faire un compte d'exploitation. Et le tien était mauvais, Benoît.

C'est pénible.

Horriblement.

Pour Jacques Moulet autant que pour Benoît Cardan.

Ça ne se voit pas. Pas encore, mais Benoît Cardan est au bord du malaise. Tout ce qu'il pourra dire ne changera rien à l'affaire et il le sait. Mais il parle, pour ne pas tomber de sa chaise.

— Toi, Jacques, tu fais des comptes d'exploitation ?

— Tous les éditeurs en font, aujourd'hui.

— Ah ouais ?

Jacques Moulet rame. Il continue à se justifier.

— Tu vends moins qu'avant, Benoît.

— Tout le monde vend moins qu'avant.

— C'est vrai… je me demande comment ça va finir, d'ailleurs.

— …

— Je suis désolé, Benoît. Tu conserves mon amitié,

évidemment… Merde… Je suis tellement désolé… Putain t'imagines pas.

Les yeux de Jacques Moulet cherchent à s'accrocher quelque part, n'importe où, pour éviter de croiser ceux de Benoît Cardan. Son front luit. Il l'éponge avec un Kleenex, tire une grosse taffe sur sa cigarette électronique, ferme les yeux un court instant.

— T'inquiète pas. Tu vas trouver un autre éditeur, c'est certain. Je me fais pas de souci pour toi.

Jacques Moulet tend le manuscrit à Benoît Cardan.

— T'as pas une enveloppe ? lui demande Benoît Cardan.

— Mais bien sûr.

Jacques Moulet farfouille dans son tiroir. Son visage est encore plus congestionné. Il va pas tarder à crever, pense Benoît Cardan et il aimerait que ça le réjouisse mais non, ça ne le réjouit pas du tout.

— Tiens, dit Jacques Moulet en lui tendant une enveloppe en kraft.

Silence.

Rompu par le bruit que fait Benoît Cardan en glissant son manuscrit dans l'enveloppe.

Jacques Moulet bafouille.

— Appelle quand tu veux. Faut qu'on se voie, mieux… qu'on prenne le temps… ailleurs qu'ici.

C'est ça. Et tu me parleras de tes best-sellers, pense Benoît Cardan.

Il s'entend déglutir.

Ses oreilles bourdonnent.

— Au revoir Jacques.

— Euh… à bientôt Benoît. On s'appelle, hein ?

Benoît Cardan se lève et sort du bureau, son enveloppe sous le bras.

Il parcourt le couloir éclairé au néon.

Moquette gris souris, murs blancs, cloisons vitrées.

Il croise l'assistante de Jacques Moulet – sourire furtif et regard fuyant.

Il appelle l'ascenseur.

Sortir d'ici. Vite.

De l'air.

Il est pourri l'air, ici.

Vicié, irrémédiablement.

Les portes de l'ascenseur s'ouvrent sur Bruno Le Maire qui en sort, teint rose, tête haute. Il salue Benoît Cardan d'un hochement de tête.

Sous le pont Mirabeau coule la Seine
Et nos amours
Faut-il qu'il m'en souvienne

C'est quoi après, déjà ?

La joie... la joie... après les peines ?

Me rappelle plus. C'est loin l'école primaire.

Tellement loin.

Beaucoup de flâneurs sur les quais ce matin. Lumière dure sur les pierres du Pont-Neuf. Ça me fait mal, cette blancheur de la pierre tranchant sur le ciel. Trop bleu. Mal aux yeux. J'ai pas mes lunettes de frimeur, des Ray-Ban effet miroir sur dégradé de rouge. Très ringard mais le ringard est à la mode, de nouveau. J'aurais dû les prendre. Elles me manquent.

Mon manuscrit a coulé, à pic. Si on jette une lettre,

elle flotte, comme une bouteille à la mer. Un jour j'ai écrit, sur une feuille de papier blanc, quelque chose que je désirais intensément, j'ai plié la feuille en quatre, puis en huit et je l'ai jetée dans la Seine, depuis le pont Sully et je l'ai regardée flotter et dériver au gré du courant, jusqu'à ce que je perde de vue la minuscule tache blanche.

Je mange des bretzels et je bois du Coca.

Dans un saladier en verre, j'ai fait mariner la viande hachée avec de la sauce de soja, de l'ail, des échalotes et un bâton de citronnelle hachés menu, trois cuillérées à soupe de miel et une larme de vinaigre de riz. J'ai fait chauffer l'eau – beaucoup d'eau sinon c'est gluant d'amidon – pour le riz que j'ai cuit dix minutes, pas une de plus. La viande, grillée à la poêle. Une noisette de beurre sur le riz et quelques feuilles de coriandre fraîche coupées au ciseau.

— C'est super bon. Tu cuisines trop bien.

— Merci ma chérie.

Elle a faim, Anna. J'adore la regarder dévorer mes petits plats. Delphine mange avec plus de retenue – elle fait un régime, un jour sur deux.

— Tu manges rien ? me demande Anna.

— J'ai pas faim.

— Ça coupe l'appétit, de se goinfrer de bretzels

avant les repas, dit Delphine. Et au fait, ton rendez-vous avec Jacques... ça s'est bien passé ?

— Très bien.

— Tant mieux !

— Il sortira quand alors, ton roman ?

— Septembre... ou janvier... c'est pas encore décidé.

— C'est cool, bravo papa.

— Bravo mon chéri.

Plan sur un paysage de désert mexicain. Rochers rouges sur ciel très bleu. Un pantalon volant traverse le ciel et atterrit sur le sol poussiéreux. Une caravane passe en trombe et roule sur le pantalon. Au volant de la caravane, un homme presque à poil – il ne porte qu'un masque à oxygène et un slip blanc – jette des coups d'œil affolés sur le passager (lui aussi affublé d'un masque à oxygène) écroulé sur son siège, inconscient. Bruits de verre brisé, à l'arrière de la caravane. Le conducteur en slip roule à tombeau ouvert. Ses cris de panique sont étouffés par le masque à oxygène. La caravane fait plusieurs embardées avant de se crasher dans le fossé, sur un buisson d'épines.

Ainsi commence le premier épisode de la première saison de *Breaking Bad*.

Je consomme beaucoup de séries. En V.O. Beaucoup trop, en ce moment. Fascinantes, brillantes, gore…

médiocres, niaises, gavées de bons sentiments… ou glauques, retraçant des histoires de pervers psychopathes inspirées de faits divers épouvantables… Addictives séries.

Trop de bretzels et trop de séries. Ma favorite reste *Breaking Bad*. Je me suis attaché à Walter White.

Ferais mieux de lire.

C'est sûr.

En ce moment j'évite.

Les librairies, en ce moment je peux pas.

Pourquoi on dit encore « manuscrit » aujourd'hui ?
Alors qu'on devrait dire « tapuscrit ».
C'est vilain, tapuscrit.
Dans tapuscrit y a pus.
J'ai balancé mon tapuscrit dans la Seine.
À la baille, le vilain tapuscrit.
Facile, de balancer un tapuscrit à la baille.
Facile de réimprimer.
Je vais me gêner.
Réimprimer et relire.
Et corriger.
Relire encore et recorriger.
Imprimer à nouveau.
En 5 exemplaires.
5 courriers sobres et concis.
Affranchir.
Balancer dans la boîte jaune.
5 bouteilles à la mer.

Je sursaute. C'est pas souvent qu'il sonne, mon iPhone – suis pas du genre hyper sollicité. Tant mieux. La paix, c'est ce qu'il faut pour écrire. L'écran affiche *Concierge papa*. Je réponds.

— Bonjour Marie, vous allez bien ?

— Moi ça va… Mais c'est vot' père. Il est encore tombé.

— Ah…

— Cette fois-ci, j'ai pas pu le relever, il est trop lourd et il avait très mal au dos. J'ai appelé les pompiers et ils l'ont couché sur un brancard, il avait trop mal pour tenir debout. Il s'est cassé quelque chose, c'est sûr.

— Allons bon.

— Je vous dis pas le cirque pour descendre le brancard… ça passait ric-rac, dans la cage d'escalier… Enfin, il est parti aux urgences. À Tenon, ils m'ont dit.

— Je vais l'appeler, merci Marie. Merci pour tout…
— De rien monsieur Cardan. Bon courage.

Dans un couloir éclairé au néon, une file de brancards alignés contre le mur blanc. Sur les couvertures, des mains noueuses et bleutées. Visages blêmes, yeux fermés ou grands ouverts sur le vide, fixant le plafond. Les patients attendent, assoupis, résignés. Certains toussent, gémissent. Le brancard de mon père est garé derrière celui d'une femme qui s'agite sous la couverture. Elle a soif, elle gueule :

— Je vais m'tirer, moi. Bande d'enculés. Donnez-moi à boire !

Mon père esquisse un pauvre sourire. Il essaie de faire de l'humour :

— À mon avis c'est pas de l'eau, qu'elle réclame… Aïe ! Faut pas que je bouge.

— Reste tranquille. T'inquiète pas, ils vont s'occuper de toi.

Je lui prends la main et je reste là, debout à ses côtés. Cinq minutes. Six. Sept… Dix… Il ferme les yeux.

Ça sent le désinfectant
Cette odeur, elle vous prend à la gorge
L'odeur de l'hosto
Nausées, sueurs froides et trouille bleue
Odeur de la mort en embuscade
De la maladie et de la détresse

Ça pue le malheur ici

J'ai chaud. Qu'est-ce qu'ils foutent, putain. Me sens tout mou, jambes en caoutchouc. Faut que je prenne l'air.

— Je vais me renseigner, papa.

Je retiens ma respiration jusqu'à la porte coulissante. Elle s'ouvre sur un type dégarni qui la franchit péniblement, voûté sur ses deux cannes. Suis toujours en apnée. Je sors et ouf. Expire. Inspire profondément l'air vif et sec de cette belle journée d'hiver.

Je m'assois sur un muret et m'allume une clope. Peux pas rester à l'intérieur. Suis allergique aux hôpitaux, c'est pas ma faute, ça remue des vieux traumatismes... Rien que le ballet des infirmiers en blouse blanche, entrant et sortant du bâtiment, ça me fait tourner de l'œil... Je vais me tirer. Inutile que je fasse le pied de grue devant le brancard. Y en a pour des plombes, putain. Désolé, papa... C'est au-dessus de mes forces.

Je vais lui dire que j'ai un rendez-vous. Avec mon éditeur. Ouais c'est valable, ça. Je vais le rassurer, lui dire que tout baigne dans l'huile. On va s'occuper de toi mais faut être patient. D'accord papa ? T'inquiète pas... ça va aller. Il est chargé, ton portable ? Je t'appellerai. Bon courage mon petit papa. Je t'aime.

Je me carapate. Fissa.

Saute dans le premier bus. Le 69. J'adore le bus. Je m'assois toujours au fond – les vieilles s'y aventurent rarement – côté fenêtre, et je regarde défiler les rues grouillantes de bagnoles, de passants pressés, de scoots qui prennent des risques fous en slalomant entre les camionnettes et les 4 × 4. On longe le Père-Lachaise, puis la rue de la Roquette, Voltaire, Chemin Vert, Beaumarchais, Bastille, Saint-Paul, Hôtel de Ville, Châtelet, Palais-Royal Musée du Louvre… je descends là. Marche jusqu'aux Tuileries. Quelques chaises libres autour du grand bassin. Je sors mes lunettes de frimeur – les Ray-Ban miroir, dégradé de rouge. Contemple les canards qui fendent l'eau verdâtre. Je ferme les yeux et offre mon visage pâle au soleil timide, voilé par des cumulonimbus bourgeonnants. Ça m'enchante, tous ces bourgeons.

J'aime, j'adore Paris.

Cher Benoît Cardan,

Merci d'avoir pensé à nous pour votre roman *Passage à vau-l'eau*.

Malheureusement, et malgré de nombreuses qualités, nous sommes dans l'impossibilité de répondre positivement à votre demande de publication car votre texte ne s'inscrit pas dans notre ligne éditoriale.

Bien à vous,

Le service des manuscrits

— Allô papa, c'est Benoît… Ça va mieux ?

— Ah oui… je suis au restaurant, là. Ils m'ont placé au fond de la salle mais je m'en fous…

— T'es pas au restaurant, papa.

— J'aurais préféré qu'ils me donnent une table près de la baie vitrée, quand même. J'attends l'entrée, là… c'est un peu long.

— Papa… Tu es à l'hôpital.

— Mais non ! Je suis au restaurant, je te dis.

— Non papa, tu es allongé sur ton lit d'hôpital.

— Je suis au restaurant. Je sais où je suis, tout de même !

— Papa, je t'assure que tu es à l'hôpital.

— Ah bon ?… Tu crois ?

— Oui papa, j'en suis sûr. Ils ont augmenté les doses de morphine ?

— Je sais pas… Si j'ai mal, j'appuie sur la petite poire. C'est facile.

— Ben n'appuie pas trop sur la petite poire. Je vais appeler le médecin. Je passerai demain après-midi.

— D'accord. Attends un peu… c'est pas des rapides, hein… Ça fait un moment que j'ai commandé… ils sont pas pressés de me servir. Je passe après tout le monde, j'ai l'impression… parce que je suis au fond de la salle, mais c'est pas grave… J'ai tout mon temps.

— Je t'embrasse, papa.

— Moi aussi, mon fils.

— À demain.

— C'est ça, à demain.

En sortant du Monoprix avec mon Caddie, je remarque un SDF assis sur le bitume, adossé à une palissade de chantier. Il a un livre ouvert entre les mains. Ses jambes tremblent.

Il lit.

Il s'accroche à son livre comme si c'était tout ce qui lui restait.

Ben tu vois qu'il y en a encore, des gens qui lisent…

Chère Madame,

Nous avons le regret de vous informer que votre manuscrit n'a pas été retenu par notre comité de lecture.

Nous vous remercions de l'intérêt porté à notre maison d'édition et vous souhaitons la meilleure des chances dans vos démarches de publication.

Le comité de lecture

Mon portable sonne. Un numéro inconnu s'affiche. Éclair d'espoir. Un éditeur enthousiaste n'envoie pas de courrier. Il parcourt les premières pages et s'il mord à l'hameçon, il continue à lire, il dévore, il s'emballe, se réjouit, il jubile, puis saute sur son téléphone pour s'entretenir avec l'auteur, sans attendre une seconde, de ce texte formidable qu'il meurt d'envie de publier. Et l'engouement de l'éditeur galvanise l'auteur, le régénère, le regonfle à bloc, alors une énergie particulière se met à circuler, entre l'auteur et son éditeur.

Un fluide spécial.

Sans ce fluide, le livre n'a pas la moindre chance de survie.

Il me manque, Jacques.

L'enfoiré.

Je décroche.

C'est une femme. Elle n'est pas éditrice. Elle bosse

à l'hôpital Tenon. Médecin… ou assistante médicale, j'ai pas bien saisi… Ce que j'ai parfaitement compris, c'est que l'hôpital manque de lits. Qu'ils ne pourront pas garder mon père très longtemps. Qu'il n'est pas près de pouvoir marcher à nouveau. C'était déjà difficile avant la chute, non ? Je confirme que ça l'était. Oui, il est désorienté. Ce matin il s'est plaint du bruit dans la chambre voisine : « ils ont fait la fête toute la nuit ». Peut-être un effet secondaire des antidouleurs… Je suggère qu'on lui donne moins de morphine. On ne peut le laisser souffrir, non plus. Certes.

— Votre père vit seul ?

— Oui.

— Il va falloir gérer sa perte d'autonomie, monsieur Cardan.

— Euh…

— Vous pouvez rencontrer l'assistante sociale. Elle vous donnera des adresses d'EHPAD. À moins que vous preniez une aide à domicile…

— Je vais y réfléchir.

— Ne tardez pas trop…

— D'accord. Merci madame.

C'est noté sur ma liste de courses.

Gérer la perte d'autonomie de Jean-Michel Cardan.

Sans déconner.

Je vais en faire quoi, de mon vieux ?

Bonjour,

Nous avons lu avec attention votre manuscrit *Passage à vélo*, qui ne correspond pas à nos choix éditoriaux.

Si vous souhaitez qu'il vous soit retourné, il vous suffit de nous envoyer d'ici un mois maximum une enveloppe timbrée au tarif de 10,65 €, libellée à vos nom et adresse. Au-delà de ce mois, nous serons dans l'obligation de détruire votre manuscrit.

Avec l'assurance de nos sentiments attentifs,

Le service éditorial

Je lui ai rien donné, au SDF qui lisait en tremblant des guiboles, assis par terre. Est-ce qu'il lisait pour tenter d'arrêter de trembler ? De froid, de peur, de manque. Il avait l'air concentré sur sa lecture, malgré le brouhaha de la rue.

J'ai même pas ouvert mon porte-monnaie. Je suis rentré chez moi et j'ai pleuré. Au chaud.

On croise des masses de SDF sur les trottoirs parisiens. De tout âge et de toute nationalité.

C'est parce qu'il avait un livre à la main que t'as pleuré ?

Une bière en terrasse avec mon pote Hervé. Il a l'air fatigué. Moi aussi, sans doute.

— T'as rajeuni, il me dit.

Hervé, c'est un vrai gentil.

— Et Sylvie, comment elle va ? je lui demande.

— Bien… Enfin… mieux… Elle a été opérée d'un kyste.

— Une bonne chose de faite.

— On attend les résultats des analyses.

— Ah… Tu me diras, hein ?

— Et toi ? T'es sur un nouveau roman ?

— Ouais… ça avance gentiment.

— J'ai hâte de te lire.

— J'ai encore du taf…

— Tu peaufines, comme d'hab… Et tu lis quoi sinon, en ce moment ?

— Rien. Je lis rien. C'est mal, je sais.

— Moi aussi je lis moins, je suis trop crevé le soir. Je relis trois fois la même page et je m'endors dessus.

— Pareil. T'en es où dans *Breaking Bad* ?

— Il vient de se raser le crâne.

— Excellent…

Ce qui est commode avec les séries, c'est que ça fournit des sujets de conversation sans risques. On parle des personnages comme s'il s'agissait d'amis intimes – ce qui évite de dauber sur nos amis non virtuels. On a quand même fini par dire du mal de Fred – on le connaît depuis la fac – qui gagne trois fois plus de fric que nous deux réunis. Ça nous a revigorés. Du coup, on a commandé deux pintes.

— Il a grossi, le Fred.

— Tu m'étonnes… Il passe sa vie à inviter des clients dans des restos étoilés.

— Ça doit être chiant à force.

— Je te dis pas le cholestérol.

— Il boit trop de grands crus, ça lui fait un teint rougeaud.

— Il va nous faire un arrêt cardiaque.

— Ou un AVC.

— On va lui porter la poisse.

— On est salauds.

— On est des gros fils de pute.

— Ah ah !

Le téléphone d'Hervé a sonné. C'était sa femme. Je suis allé payer les consommations pendant qu'il lui répondait. Quand je suis revenu, il avait l'air soucieux. Je l'ai serré dans mes bras.

— Prends soin de toi. Et appelle-moi, quand tu veux.

— Ça marche. C'était chouette de te voir.

— Ouais. On remet ça vite.

Je suis resté immobile sur le trottoir en le regardant s'éloigner. Il s'est retourné et m'a fait un signe de la main.

Suis réveillé par la sonnerie de mon portable. Il est 6 heures du mat. L'écran affiche *papa*.

— Allô Benoît, c'est moi.

— Tu sais quelle heure il est, papa ?

— Hein ? L'heure qu'il est ? 14 heures et des brouettes.

— Non. Il est pas 14 heures, il est 6 heures du matin.

— Ah bon… T'es sûr ?…

— Certain.

— Écoute-moi. L'affaire se complique… Écoute-moi bien.

— Mmmm…

— La mère de Thomas, elle veut se marier avec moi.

— Qu'est-ce tu racontes ?

— Thomas, le copain d'Anna… sa mère veut m'épouser mais c'est intéressé, tu comprends… Son plan, c'est de me faire reconnaître un enfant qui n'est pas de moi.

— Papa… Tu délires, là… C'est la morphine.

— Mais non ! Elle est musulmane et elle prétend que cet enfant est de moi.

— Quoi ?! Elle est pas musulmane, la mère de Thomas.

— Figure-toi que si. C'est ce que j'ai découvert. Elle est musulmane !

— Papa…

— Écoute-moi Benoît, c'est important. Ils veulent me faire reconnaître cet enfant comme si c'était le mien.

— Calme-toi. Il va rien se passer. Tout est dans ta tête.

— T'es avec eux, toi…

— Papa, je suis fatigué… Il est 6 heures du matin. Je vais raccrocher. Faudrait que t'arrêtes la morphine.

— Mais j'ai arrêté. J'ai tout arrêté.

— Visiblement, il y a un médicament que tu ne supportes pas bien.

— Je ne supporte pas les hypocrites, c'est vrai.

— T'as pas l'esprit clair, papa.

— Bien sûr que j'ai l'esprit clair. Ça te concerne, tu sais. Ça concerne ton héritage.

— Essaie de te reposer, papa. T'inquiète pas. On va arranger tout ça, d'accord ?

— D'accord.

— Tu peux me faire confiance.
— Je te fais confiance, mon fils.
— Je t'aime, papa.
— Moi aussi. Faut qu'on soit vigilants. Y a anguille sous roche. Tu seras vigilant, hein ?
— C'est promis.

Je raccroche et j'appelle ma sœur.
— Qu'est-ce qui se passe ? T'as vu l'heure ? Il est mort ? elle me demande.
— Non.
C'est pire.

J'ai tapé mon nom sur Google

> Benoît Cardan
> Écrivain
>
> Benoît Cardan, né le 7 janvier 1966, est un écrivain français
>
> Date de naissance : 7 janvier 1966 (Âge : 52 ans)
>
> Livres : *Une année blanche, La faucille* (voir plus)

Merde
Fait chier
C'est nouveau, ça
Où est-ce qu'ils ont chopé ma date de naissance ?
De quel droit Google se permet de...
Les enfoirés
C'est scandaleux
Vais leur écrire

Je clique sur Commentaires

Cliquez sur l'erreur

Y a pas d'erreur
Hélas y a pas d'erreur

Envoyez des commentaires d'ordre général

Bonjour,

Je ne souhaite pas faire apparaître ma date de naissance sur Google, merci de supprimer cette information.

Benoît Cardan

On va pas se mentir. Regarde l'horizon. C'est mal barré.

T'es écrivain. D'accord. T'as écrit combien de romans, déjà ? Douze, treize, quinze ?… Combien qui ont marqué les esprits ? Combien qui n'ont pas été pilonnés ? Tu vends moins, beaucoup moins qu'avant – il te l'a dit, Jacques. On est loin des cinquante mille exemplaires de ton roman traduit dans dix langues, publié il y a de ça huit ans, neuf ans, même…

Aujourd'hui tu vends que dalle.

Tu grisonnes, de partout : tempes, barbe de trois jours et poils de couilles. Ton front s'agrandit, à mesure que diminuent ton énergie vitale, ton optimisme, la vivacité de ton inspiration, ta capacité à t'émerveiller, à être surpris et à te surprendre, à bander dur – au fait c'était quand, la dernière fois que t'as fait jouir ta femme ? Tu t'affaisses. Ta peau se relâche et se marque. À la faveur d'une lumière tamisée on te donne quoi… quarante-trois, quarante-cinq ans… mais combien de temps encore feras-tu illusion ? Tu as l'âge de tes artères. Cinquante-deux ans. En route pour les soixante, par voie rapide à sens unique. Destination PFG.

La voilà, la vérité moche.

Regarde-le en face, l'horizon plombé, Benoît Cardan.

Aujourd'hui tu peux en attendre quoi, de la vie ?

Madame, Monsieur

Cardan

Nous avons lu votre manuscrit, qui n'a malheureusement pas retenu notre attention.

Les changements de ton sont intéressants mais votre écriture manque de dynamisme et d'originalité.
Votre personnage est attachant mais de nombreuses anecdotes inutiles nuisent au déroulement de l'intrigue et ramollissent votre récit.
Les situations décrites ne manquent pas de saveur sans toutefois sortir des clichés.

Nous vous proposons de vous le réexpédier en lettre, à réception de la somme de dix euros par chèque exclusivement.

Vous pouvez également le retirer dans nos bureaux entre 10 heures et 18 h 30.

Avec nos regrets,

nous vous souhaitons bien du courage

Après un dernier virage, la route débouche de manière abrupte sur un passage à niveau – surprenant, des voies ferrées dans ce no man's land… Le feu est rouge, la barrière abaissée. Il attend. Cinq minutes. Dix… Il allume une cigarette. Sort du véhicule, écrase son mégot et s'approche des voies. Pas de train à l'horizon…

Il remonte dans la bagnole. Passe la marche arrière, recule de quelques mètres. Repasse la première, accélère à fond, explose la première barrière.

Il freine et s'arrête. Point mort. La voiture stationne, au beau milieu des voies ferrées. Dans trois minutes, j'accélère, se dit-il. Il règle le minuteur de son iPhone sur trois minutes et allume une nouvelle cigarette. Inspire profondément. Expire et ferme les yeux. La meilleure cigarette de sa vie. Le minuteur sonne : les trois minutes sont écoulées.

Avec lenteur, il passe la première… puis revient au point mort. À nouveau, il ferme les yeux.

Et j'entends siffler le

Quand Françoise Sagan avait des idées noires, elle se lavait les cheveux.

Le doux bruit de la clé qu'on introduit dans la serrure, je l'aime, je l'attends. Généralement, c'est Anna qui rentre la première. Alors l'appartement silencieux s'emplit de vie et d'énergie et mes idées noires battent en retraite, vont se planquer dans les recoins obscurs, sous mon lit ou derrière les rideaux de la chambre à coucher et attendent patiemment le moment propice pour me cueillir à nouveau – au milieu de la nuit, au petit jour ou en plein après-midi, de préférence quand je suis seul ou que la maison est endormie.

Anna balance son sac de cours sur son lit puis elle va pisser (elle ne ferme pas la porte des WC et je l'entends siffloter ou râler, selon son humeur du jour). Elle se lave les mains, débarque dans la cuisine et pousse un hurlement.

— Putain tu m'as fait trop peur ! elle souffle en posant une main sur son cœur. Je t'avais pas reconnu… J'ai cru que t'étais genre un intrus… ou un assassin…

— Ce n'est que moi.

— Mais kes t'as fait ?! Mon Dieu mais c'est horrible.

— Ah ? Tu trouves ça horrible ?

— Ça fait trop bizarre, de te voir comme ça. T'es plus le même, quoi.

— Tu vas t'habituer.

— Pourquoi tu t'es rasé le crâne ? T'avais plein de cheveux ! C'est les chauves qui se rasent le crâne.

— J'avais envie de changer.

— Bah… tu fais ce que tu veux avec tes cheveux.

— Ouais.

— Mais t'aurais pu prévenir, quand même…

— Te demander l'autorisation, tu veux dire ?

— Ben ch'ais pas… nous en parler, quoi… Moi je t'en ai parlé, quand je voulais me tatouer le bras.

— T'as bien fait. Je suis content d'avoir réussi à t'en dissuader.

— Ben oui… moi aussi j'aurais pu te dissuader. Dommage… c'est trop tard, maintenant.

— Un tatouage c'est permanent. Mes cheveux, ils vont repousser.

— Ouais heureusement. Vivement.

— Je voulais avoir une idée précise de la forme de ma tête.

— Fais voir, ta forme de tête… T'as une bosse bizarre, derrière. On dirait que tu t'es pris un coup.

— J'ai un pet' au casque, alors. Tout s'explique.

— Putain… je le crois pas… Tu fais peur, comme ça.

— Merci ma chérie.

Elle me regarde avec un air désolé et plein de tendresse.

La réaction de Delphine m'a surpris. Elle avait l'air plus amusée que contrariée ou effarée.

Le soir, on a baisé avec beaucoup d'ardeur – ça faisait un bail… Apparemment ça l'excite, de se retrouver avec un inconnu dans son lit.

— Les Éditions de l'Arbre Sec, bonjour.
— Bonjour, pourrais-je parler à François Gibert ?
— Il est en réunion. Qui le demande ?
— Michel Houellebecq.
— Ne quittez pas.

Ce week-end, road trip avec ma sœur. À la découverte des EHPAD d'Île-de-France. Ciel blanc, réchauffé par les verres teintés de mes Ray-Ban. Vitre ouverte, je fume clope sur clope. C'est Catherine qui conduit. Elle sait où on va. C'est Catherine qui a fait la sélection des EHPAD à visiter. Elle assure, Catherine. C'est Catherine qui fait la conversation. Elle a toujours été bavarde, Catherine.

— Ça va pas être de la tarte, de lui annoncer qu'il ne pourra pas rentrer chez lui. Il voulait pas entendre parler de maison de retraite. « Faudra me suicider avant », il disait, tu te rappelles ? Tu lui avais demandé s'il préférait que tu l'égorges comme un mouton ou que tu le canardes comme un sanglier. Ça nous faisait rire. On rigole moins, là… Enfin, on est chanceux, tu sais. Il a une retraite plus que correcte. C'est pas le cas de tous les vieux. J'en parlais hier avec Monique. Sa mère a quatre-vingt-quatorze ans et c'est Monique et ses frères qui sont obligés de raquer pour sa maison de retraite. 5 ans que ça dure, tu te rends compte ! Quand elle y est entrée, ils pensaient que ça durerait 5 mois, au max… L'enfer. Tu sais ce qu'elle m'a avoué, l'autre jour ? Elle prie pour que sa mère crève. Elle allume des cierges dans toutes les églises.

Après la visite de la première maison de retraite, Catherine parle moins fort.

— Catastrophe… T'as vu la brochette de zombies en fauteuils roulants, alignés dans le hall ? Moyenne d'âge, quatre-vingt-dix-neuf ans… Et la chambre… toute petite, toute sombre. Non non… On peut pas le mettre là.

La deuxième maison de retraite offre un cadre plus verdoyant. Une terrasse donnant sur un beau jardin. Quelques pensionnaires prennent l'air, une couverture sur les genoux… Une jeune fille souriante nous accueille. La salle à manger est lumineuse. Nous sommes pleins d'espoir. La directrice se pointe et nous serre mollement la main. Elle porte un legging décoloré et un tee-shirt rose informe. Nous la suivons dans un couloir aux murs défraîchis, jusqu'à l'ascenseur qui parle : « premier étage ». Les portes s'ouvrent sur une grappe de vieux en fauteuils stationnant dans le couloir. L'un d'eux a la bouche et les yeux ouverts, il a l'air décédé. Sa voisine n'est pas morte, elle dodeline de la tête. Une vieille femme maigre comme un clou me lance un regard désespéré qui me glace. Je dis « Bonjour messieurs dames », et le mort se réveille, les deux femmes me sourient. On passe devant une chambre dont la porte est ouverte, je jette un coup d'œil discret, la télé est allumée, volume à fond, un corps qui a l'apparence d'un cadavre est allongé sur le lit.

Soudain on entend hurler « AU SECOURS ! AU SECOURS ! » La directrice poursuit sa visite guidée comme si de rien n'était. Nous entrons dans la chambre témoin, exiguë et mal exposée, meublée d'une vieille armoire, d'une petite table et d'un fauteuil qui occupent tout l'espace. « AU SECOURS ! » La salle de bains est d'une propreté plus que douteuse. Les hurlements continuent de plus belle.

— Vous inquiétez pas, nous rassure la directrice. Elle crie tous les jours, entre 16 heures et 19 heures – elle est un peu en avance, là.

En sortant de la chambre, on croise un petit homme rond. Il est essoufflé et a l'air furieux. Il gesticule en gueulant.

— Mon père est à nouveau tombé ! Au même endroit que la dernière fois. On avait dit qu'il ne devait plus emprunter les escaliers !

— Kes vous voulez que j'y fasse ? répond la directrice, excédée. On lui a dit et répété, de pas passer par là, mais il en fait qu'à sa tête.

Merci madame, au revoir madame.

Troisième EHPAD. Un château rénové : grand

genre – à l'extérieur et dans le hall d'entrée tout en marbre. La directrice, très baraquée, me broie la main.

— Allons dans mon bureau, on fera la visite ensuite.

— Il y a un beau parc, je dis.

— N'est-ce pas ? Il est clôturé… nous sommes obligés.

Certains vieux sont encore véloces, ils pourraient avoir la mauvaise idée de se faire la malle pour aller se perdre dans les bois.

— Donc vous êtes complet pour l'instant ? demande Catherine.

— Oui. Il y a une liste d'attente. Mais vous savez, ça bouge très vite…

On décède à mort, ici : un turn-over perpétuel.

— Et vos tarifs ?…

— Tout dépend de la chambre. Ça va de 91,50 euros à 159,50 euros par jour. À cela, il faut ajouter le tarif GIR – qui varie de 8,50 à 27,50 euros, en fonction de l'autonomie de votre papa –, et aussi la blanchisserie, à moins que vous preniez en charge le lavage de son linge…

— Humm… On peut visiter une chambre à 91,50 euros ?

À l'étage, les chambres premier prix sont minuscules. Sinistres. De l'autre côté du couloir, des salles à manger étriquées. Tout semble fait pour que le vieux circule le moins possible dans les lieux. Les ors du rez-de-chaussée sont essentiellement destinés aux visiteurs – aux familles qui allongent la thune.

— J'inscris votre papa sur la liste d'attente ?

— Nous vous recontacterons, merci madame.

Trop reuch pour nous, la vie de vieux au château. Toutes les maisons de retraite qu'on a visitées affichent complet – mais sont toujours prêtes à recevoir de nouveaux clients. Des centaines de milliers de vieillards dépendants, ici en Île-de-France, dans l'ouest, dans l'est, le centre, au nord, au sud de la France et bien au-delà. Les investisseurs se frottent les mains. Le pognon coule à flots. Des dizaines de milliards d'euros et des perspectives de croissance assurées. L'or gris : une mine d'or.

Ça suffit pour aujourd'hui. Retour à Paname, dans les bouchons.

— File-moi une clope, dit Catherine.

— Je croyais que t'avais arrêté.

— Je boirais bien un petit whisky…

— Excellente idée.

— T'es spécial, toi… Les chauves qui ont du fric se font des implants, toi t'as plein de cheveux et tu te rases le crâne… Ah ah ! Je t'aime, mon frère.

Je pousse la porte des Éditions de l'Arbre Sec – un petit local sombre, au rez-de-chaussée d'un immeuble décrépi du XIIe arrondissement. Une jeune fille est en train de trier un volumineux tas d'enveloppes.

— Bonjour. J'ai rendez-vous avec François Gibert, dis-je avec un air sérieux et concentré.

— Vous êtes monsieur ?

— Houellebecq.

Elle me regarde avec des yeux ronds et décroche son téléphone :

— Monsieur… euh… Houellebecq… est à la réception.

Inutile de préciser que j'ai attendu moins de cinq secondes avant de voir débouler le sieur François Gibert, tout en bleu – costume sombre et chemise claire – et en impatience fébrile. Il cherche Michel Houellebecq du regard et ne voit que moi, assis dans son canapé Ikea. Je prends l'initiative de me lever. Avec un large sourire, je m'approche de lui.

— Bonjour, c'est Michel qui m'envoie.

— Ah… Suivez-moi.

Il cache mal son désappointement. Quoi qu'il advienne, je passe un bon moment. Nous entrons dans son bureau, il ferme la porte, s'assoit et m'invite à en faire de même.

— Vous êtes le nouvel agent de Michel Houellebecq ? me demande-t-il.

— Pas exactement.

— Un de ses amis ?

— Non plus.

— Vous êtes *qui*, alors ?…

Son visage est subitement moins avenant. Il commence à entrevoir l'entourloupe.

— Benoît Cardan, écrivain. J'ai un projet à vous proposer.

— Ben voyons… Vous auriez pu envoyer votre manuscrit, il me lance avec agressivité.

Le plus humiliant est d'avoir osé croire que Michel Houellebecq voulait le rencontrer, lui, François Gibert. Il vient d'en prendre conscience. Il me hait. J'ai intérêt à me montrer très convaincant pour la suite.

— Il ne s'agit pas d'un simple roman, mais d'un happening littéraire.

— J'ai très peu de temps, dit-il en regardant sa montre.

— L'édition traverse une crise sans précédent. De moins en moins de lecteurs, toujours plus de livres qui inondent...

— Je suis au courant, merci, il me coupe sèchement.

— À part Houellebecq, qui est assuré de vendre, aujourd'hui ?

— Personne, surtout pas vous.

— Vous avez entièrement raison. Seule chance de salut : créer l'événement, faire le buzz...

— Ah ouais... et comment ?

— Je vous propose un projet total, d'une audace folle.

Je viens de marquer un point. Le gus semble légèrement adouci, je le sens intrigué. Je poursuis.

— Un happening littéraire... qui consisterait à transformer l'autofiction en réalité. À faire coïncider la fin du roman avec un événement réel et dramatique.

— Quel événement ?

— Le suicide de l'écrivain, juste avant la publication de son roman qui, précisément, se termine par son suicide.

— Vous voulez dire : *votre* suicide ?

— Oui.

— Ça me paraît pas d'une grande originalité, pour

un écrivain, de se suicider... Vous ne seriez pas le premier.

— Je sais bien... Mais là, ce serait une sorte de manifeste sur la mort de la littérature. Un peu comme l'employé France Télécom qui s'immole par le feu sur le parking de l'entreprise, vous voyez ?...

— Par le feu ?!

— Pas forcément par le feu, mais quelque chose de sacrificiel... sur le parvis de la BnF, par exemple...

Je caresse mon crâne lisse.

Silence. Dans les yeux de François Gibert, plus la moindre trace d'animosité mais une grande perplexité. A-t-il affaire à un dangereux schizophrène évadé de l'hôpital psychiatrique... ou à un illuminé, éventuellement capable de redresser le chiffre d'affaires de l'année – si mal commencée ? Après tout... qu'importe, si ce branquignol est un peu dingue, du moment qu'il fait bander les courbes des ventes... Les artistes sont fous, c'est pas un scoop. François Gibert semble tenté, mais pour faire sauter les dernières réticences, il me faut soulager sa conscience.

— Je suis condamné. Il me reste deux ans à vivre, guère plus. J'ai mûrement réfléchi cette décision : ce sera moi, et pas le crabe, qui choisirai l'heure de ma mort.

— J'admire votre courage, répond François Gibert en regardant mon crâne lisse. Mais je ne peux pas vous inciter à vous suicider dans un contrat.

— Bien évidemment, ça ne doit pas être écrit.

— Non… bien sûr… mais alors… quelles seraient les garanties ?

— Que je me suiciderai en temps et en heure ? Ma parole. Je n'en ai qu'une.

— Mais… comment… euh… je veux dire… comment procéderiez-vous ?

— Oh, il y a de nombreuses options… Revolver, éventration, immolation… Je vais peaufiner ça.

— Un peu banal, le revolver… mais le parvis de la BnF, je trouve ça judicieux, comme endroit. Et donc… je devrais vous faire confiance.

— Je suis un homme d'honneur.

— Il faut tout de même que je lise votre manuscrit. Nous avons une image à défendre, vous comprenez.

Je pose l'enveloppe sur son bureau et la pousse vers lui.

— Merci. Je vous lis et je vous rappelle, me dit-il en se levant pour me serrer la main, chaleureusement.

— Allô, Benoît Cardan ? François Gibert.

— Ah ! Bonjour… re-bonjour, plutôt…

— Je vous ai lu… mais alors, d'une traite ! Ah c'est formidable. Il y a de la vie… de l'humour. Et la fin ! Très fort. Et puis… mis en perspective avec votre projet de… happening… ça va être détonant !

— Je m'y engage.

— Je prépare le contrat.

— Parfait.

— On va le sortir rapidement.

— Pas trop, quand même.

— Dans cinq ou six mois… début septembre, pour la rentrée littéraire.

— D'accord.

— Pour l'à-valoir… disons… 7 000 euros ?

— Vous plaisantez.

— Vous savez… certaines maisons d'édition ne

proposent même pas d'à-valoir, aujourd'hui. 10 000 euros ?

— Vous me demandez de me faire sauter le caisson pour 10 000 euros ?!

— Je ne vous demande rien du tout ! C'est vous qui…

— En effet, c'est moi qui appuierai sur la détente, et de mon plein gré. Mais franchement, 10 000 euros… vous n'êtes pas sérieux !

— 20 000.

— Ça reste tout à fait indécent.

— Bon… vous pensiez à combien ?

— 100 000. C'est peu, comparé à Michel, qui dépasse le million d'euros.

— Michel ?

— Houellebecq.

— 100 000 euros, mais c'est délirant ! Ne vous comparez pas à Michel Houellebecq. J'ai regardé vos chiffres de vente, vous êtes à des années-lumière de Houellebecq. Vu les ventes très médiocres de vos précédents livres, on n'aura pas une bonne mise en place en librairie et…

— Quand vous aurez balancé mon immolation sacrificielle sur Twitter, elle explosera, la mise en place.

— …

Je reste silencieux quelques secondes pour

ménager mon effet, avant de lâcher, d'une voix très détachée :

— Réfléchissez… mais réfléchissez vite, mon cher.

— Euh… d'accord. Je… euh… Rappelons-nous.

— C'est ça. À bientôt, peut-être…

Un appel de Catherine, alors que je suis en train de relire *Gros-Câlin*. Je décroche. Sa voix est pleine d'entrain.

— Allô Benoît. A y est ! Je crois que j'ai trouvé.

— Trouvé quoi ?

— LA maison de retraite…

— Ah…

— Rien à voir avec celles qu'on a visitées. C'est propre, refait à neuf, spacieux. La directrice est gentille, très à l'écoute. J'ai visité une chambre témoin – la moins chère – c'est bien. Et surtout il y a un beau jardin. Les pensionnaires que j'ai croisés n'étaient pas trop croulants. J'ai regardé sur Internet, elle est notée cinq étoiles. Bon… y a un bémol : c'est un peu loin… et surtout c'est un peu cher.

— C'est-à-dire ?

— Ben… en additionnant la chambre à 97 euros par jour, le GIR… ça dépendra si papa se remet à marcher ou pas, s'il peut faire sa toilette tout seul... bref, le GIR ça peut aller jusqu'à 25 euros par jour, et puis la blanchisserie... en gros... 3 500 euros par mois.

— TROIS MILLE CINQ CENTS EUROS ! C'est beaucoup trop, Catherine, on peut pas ! Sa retraite ne suffira pas. Faut payer ses impôts et les charges de son appart, aussi.

— Ah merde... c'est vrai... j'avais oublié les charges de l'appart... et les impôts... ouais... On va le louer, son appart.

— Attends, tu vas un peu vite, là. Papa, il veut rentrer chez lui.

— Il ne pourra plus vivre seul chez lui. La concierge l'a ramassé combien de fois ? Il n'arrêtait pas de tomber. Si on prend une aide à domicile, ça coûtera bien plus cher. Et faudra qu'on soit beaucoup plus présents...

Un argument décisif – nulle envie de passer les quelques mois qui me restent à vivre à donner la becquée à mon père.

— Ben tu lui annonceras...

— Faut que tu viennes visiter, avant que je bloque la chambre.

— OK.

— Je vais rappeler la directrice pour prendre rendez-vous samedi après-midi.

Alors que Catherine continue à dégoiser sur cet

EHPAD de rêve – animations, menus, activités –, je repense à mon père, allongé sur son lit d'hôpital dans son pyjama taché sur le ventre, et j'espère, de tout mon cœur j'espère, que cette nuit, ou la prochaine, la mort se pointera en douce, sans un bruit, pour le prendre dans son sommeil.

François Gibert m'a rappelé. J'ai âprement négocié un à-valoir de 50 000 euros. La bouteille de champagne est au frais. Je lave les tomates cerises, les décapite et réserve les petits chapeaux. J'évide chaque tomate pour la remplir avec une préparation à base de chèvre frais, d'huile d'olive et de ciboulette hachée menu. Puis je replace le chapeau sur chacune des tomates. Je goûte. Joli et délicieux. Je casse des morceaux de parmesan et les entoure de fines lamelles de jambon de parme. Je dispose mes amuse-bouches dans un plat en porcelaine blanche. J'essuie les flûtes à champagne.

Delphine est rentrée, de bonne humeur, les yeux brillants et les cheveux électriques. Anna se pointe dans la cuisine. Il fait encore jour mais j'allume des bougies. Il y a de beaux ciels à Paris, comme celui de ce soir, rose, bleu et orangé. On trinque.

— On fête quoi ? demande Delphine.

— La fin des emmerdes, je réponds.
— Tchin ! À la fin des emmerdes, alors !
— Tchin. À la fin !

En attendant mon contrat – et mon pognon –, j'ai recommencé à lire. À relire, les très grands, ceux qui m'accompagnent depuis le début – Gary, Calaferte, Céline, entre autres –, depuis le premier jour de mon rêve de jeune plumitif exalté et prétentieux, convaincu de son talent. J'ai du mal à le dater précisément, ce jour premier… y a pas de jour premier, en vérité. Avant d'être auteur, j'ai été un lecteur à la fois passionné et paresseux. Je dévorais, par périodes, puis ne lisais plus rien pendant des mois. J'ai eu la chance de grandir dans une baraque dont les murs étaient couverts d'étagères remplies de livres. Mes parents lisaient beaucoup – ma mère, surtout. Elle parlait de certaines de ses lectures avec ferveur. *L'insoutenable légèreté de l'être. Les boulevards de ceinture. La vie devant soi…* Je revois ce livre, abîmé et corné, posé sur sa table de chevet. Une couverture beige avec un dessin bizarre représentant une femme assise, un enfant sur ses genoux, nus tous les deux, sans bras, une sorte de gros galet à la place de la tête, et un rond noir en guise de nombril. Il me fascinait, ce dessin, peut-être parce que la femme était à poil – une ombre laissait deviner le triangle des poils pubiens.

— Il est éblouissant, ma mère répétait, à propos du livre, de l'auteur, ou des deux.

Elle en avait plein la bouche, de cet Émile Ajar. À l'époque j'étais un môme et les livres, je m'en foutais.

J'observe Delphine. Elle a ce petit regard que je lui connais, oblique, malicieux et rêveur – ce n'est pas moi qu'elle regarde. Un léger sourire, sensuel. Un sourire d'extase. Elle pense à quoi, là ? À qui ? Elle pense à quelque chose de très agréable et je ne suis pas invité. Ça me démange de lui demander « À quoi tu penses ? » Elle me répondrait « À rien de précis », ou « Au boulot ». Alors je ferme ma gueule. J'ai appris à dompter ma jalousie.

Un court instant, elle ferme les yeux. Merde ! Remonte ta jupe et caresse-toi, ne te gêne pas pour moi. J'interromps brutalement sa rêverie.

— Catherine a trouvé une maison de retraite moins horrible que les horribles qu'on a visitées.

— Ah, c'est bien.

— Ça va être horrible quand même.

— Tant mieux... je veux dire, c'est comme ça, elle

répond en souriant toujours. T'as rien à te reprocher… tu fais tout ton possible.

Elle me prend la main et la serre entre ses doigts. Elle a de belles mains, Delphine. Des mains blanches, petites et fines, très douces. Elle sait s'en servir. Elle n'est pas que douce, Delphine. Elle aime donner des baffes. Ça l'excite, de me claquer la gueule quand elle me chevauche.

À qui elle donne des claques, en ce moment ?

Ça me chauffe, putain.

— Bonsoir à tous. Le 2 décembre 1980, Romain Gary se tirait une balle dans la gorge. Ce qu'on ne savait pas, c'est qu'à ce moment-là et par le même geste, Émile Ajar s'était suicidé lui aussi.

Ainsi parlait Bernard Pivot le soir où il recevait Paul Pavlowitch, le petit-cousin de Romain Gary, pour la révélation de l'affaire Gary/Ajar. Ce 291ᵉ numéro mythique d'*Apostrophes*, je ne me souviens pas de l'avoir regardé, en direct, le soir du 3 juillet 1981. Mais j'en ai entendu parler, et pas qu'un peu.

— Romain Gary ? Nom de Dieu c'était Romain Gary !

Ma mère n'en revenait pas.

Paris, c'est plein de rues, et il faut beaucoup de hasard pour rencontrer quelqu'un là-dedans.

C'est pas son quartier, et pourtant… Le grand brun qui remonte la rue en sens inverse, le brun massif vêtu d'un imperméable kaki un peu froissé mais bien coupé, chaussé de mocassins de marque couleur gold – son petit côté ringard BCBG, je l'ai souvent charrié à ce sujet –, c'est bien Jacques. Mon vieux Jacques… enfoiré, lâcheur, faux frère… Et moi qui étais fier de ma fidélité à mon éditeur, à mon ami… T'es con, Cardan. Faut pas mélanger. Y a pas d'ami qui tienne. Les affaires sont les affaires. Enfonce-toi ça bien profond dans ton crâne nu. T'es con et mou, tu t'es encroûté, les années ont passé et t'as rien vu venir…

Lui non plus ne m'a pas vu venir. Il marche, la tête baissée, enfoncée dans les épaules, absorbé dans ses pensées. L'a pas l'air en grande forme, le Jacques, constaté-je avec une grande satisfaction. Traits tirés, teint brouillé et cheveu terne. Je fais quoi, là ? J'hésite à m'engouffrer dans la première boutique pour nous épargner, à tous les deux, un grand moment de gêne. Non. Je ne veux rien lui épargner. Je marche vers lui, d'un pas assuré.

— Bonjour, Jacques.

Il me regarde, ahuri, interloqué.

— C'est toi ?… Benoît ?! Je t'avais pas reconnu… je veux dire ça te change… sans les cheveux…

Je peux lire dans ses yeux ce qui défile dans sa tête. Cancer, chimio… ce pauvre Benoît, décidément il n'a pas de chance.

— C'est bien moi ! Je me suis levé un matin et j'ai décidé de tout raser, je réponds en passant la main sur mon crâne d'œuf.

Ouf ! C'est pas la chimio – ça allège un peu le poids de sa culpabilité. Jacques se redresse.

— C'est… étonnant, ça te donne l'air… comment dire… moins cool… plus dur… ça te change ! Et comment tu vas, sinon ?

— Très bien. Et toi ?

— Oh… Ça va… Fatigué, un peu.

En effet, il a l'air très fatigué. Quant à moi, je me sens plein d'énergie, d'un coup. Avec détachement, je lâche :

— Au fait… J'ai vendu mon roman ailleurs.

— Ah ! Tant mieux… Où ça ?…

Je marque un petit silence, pour prendre le temps de savourer toute la palette de sentiments qui s'expriment sur le visage de mon ex-éditeur. Empathie, curiosité, dépit, jalousie, légère angoisse…

— Aux Éditions de l'Arbre Sec.

Jacques semble soulagé. Il sourit de toutes ses dents de fumeur.

— Je suis content pour toi. C'est un bon éditeur. Ils publient des textes de qualité. Ils vont bien le défendre, ton roman.

À l'aise qu'il est content, le Jacques, que je sois rattrapé par un petit éditeur ringard plutôt que par un gros prestigieux ou, pire, par un petit avant-gardiste qui a le vent en poupe. Comment il aurait les calots si, par malheur, mon roman se hissait en tête des ventes – peu de chances que ça se produise aux Éditions de l'Arbre Sec.

Attends un peu, mec… tu vas voir ce que tu vas voir.

Quand même… il a l'air sincèrement content pour moi. On est là, plantés comme des piquets sur le trottoir. Triste moment, de solitude réciproque, de regrets pleins de nostalgie pour l'époque heureuse où nous étions comme deux frères, passionnés et fiers des fruits de notre… collaboration… notre complicité… notre connivence littéraire… notre amitié.

— Bon… À bientôt, peut-être…

— À bientôt, Benoît. Porte-toi bien.

Il m'embrasse. On se sépare pour reprendre chacun notre chemin. Je marche, je tourne le dos au passé… ne résiste pas à l'envie de me retourner, furtivement. Jacques s'est retourné, lui aussi. Il m'envoie un baiser. Je lui souris et garde les mains dans mes poches.

Quand Romain Gary (*gari* : « brûle ! » en russe) a commencé à écrire *Gros-Câlin*, le premier roman publié sous le pseudonyme d'Émile Ajar (*ajar* : « braise », en russe), il avait cinquante-neuf ans.

Soit sept ans de plus que moi.

Catherine m'a donné rendez-vous devant l'hôpital. Elle est à la bourre, comme toujours. Je m'assois sur un muret de pierre, grille trois cigarettes avant de la voir se pointer au bout de la rue, rouge et essoufflée, trottinant sur ses talons, son gros cabas à l'épaule.

Elle s'excuse : son fils, ce petit branleur, l'a appelée juste quand elle partait. Il a encore besoin de fric, ça commence à bien faire, ils se sont engueulés, ils ne peuvent plus se parler autrement qu'en s'engueulant.

— Bon… File-moi une clope. Va falloir être diplomate, avec papa, dit-elle en tirant une grosse taffe.

— Je te laisse gérer, je réponds.

Les femmes ont plus de couilles que les hommes, ça se vérifie chaque fois qu'il faut faire preuve de courage.

En parcourant les couloirs de l'hosto on croise des infirmières souriantes. Je les admire. La porte de la chambre de mon père est entrouverte. Il est à moitié assoupi. Se réveille quand Catherine lui fait une bise sur la joue.

— Ah, c'est toi, ma chérie… et Benoît est là aussi. Je suis content de vous voir, les enfants.

— Nous aussi.

— Comment tu te sens ?

— La bouffe est vraiment dégueulasse.

— Ah… tu vas mieux, donc…

— J'ai réclamé du sel. Leur poisson, on dirait du caoutchouc, c'est immangeable… et sans sel en plus ! L'infirmière voulait pas m'en donner mais j'ai insisté, alors elle a fini par m'apporter un petit sachet. Cette connasse, avec son gros cul… et elle traîne des pieds, ça m'exaspère.

— Tu vas beaucoup mieux, en effet.

— Oh j'en ai marre. Ils m'énervent tous. Le kiné c'est un fantôme. Il est jamais là, le kiné.

— Faut que tu sortes d'ici.

— Ah ça oui, je suis pressé de sortir.

— Justement, on a une bonne nouvelle.

— Ah ?!

Son visage s'éclaire.

— On t'a trouvé un bon endroit, pour la suite.

— La suite de quoi ?

— La suite de tes soins. T'es pas en état de rentrer chez toi.

— Bien sûr que je vais rentrer chez moi. Où veux-tu que j'aille ?

— Dans une maison de retraite, papa.

— Une maison de retraite ! C'est ça, votre bonne nouvelle ? Plutôt crever, alors là, je préfère crever !

— C'est provisoire. Le temps que tu retrouves ton autonomie.

— Je peux rentrer chez moi. Leila m'aidera, je la paierai un peu plus, elle me fera les courses.

— Mais tu tiens pas debout, papa ! Si tu tombes encore une fois, tu te casseras à nouveau quelque chose et ce sera morphine et compagnie.

— Catherine a raison. On ne peut pas risquer une nouvelle chute.

— Ah non... je veux pas aller dans un mouroir pour vieux. Plutôt crever.

— Papa... L'hôpital va te mettre dehors. Je t'ai trouvé une maison de retraite très confortable. Y aura du personnel pour s'occuper de toi, faire ta toilette – jusqu'à ce que tu sois à nouveau autonome. Tu feras de la rééducation tous les jours avec un kiné. On te servira tes repas.

— Je boufferai de la merde.

— Ce sera meilleur qu'ici.

— Tu crois ça ?

— Mais oui. Et on mettra sur le contrat que c'est temporaire, si tu veux.

— Sur le contrat ? Je signe pas de contrat, moi.

— On verra dans quelques mois si tu arrives à marcher.

— Quelques mois ! Ah non, pas question.

— Avec Benoît on a visité plusieurs maisons de retraite. On s'est donné du mal, tu sais. Par chance, il reste une place dans celle-là. Regarde le prospectus.

— « Le Château des cygnes ». Ça commence mal. J'aime pas les cygnes.

— J'ai bloqué une chambre.

— C'est provisoire, papa.

— Je mangerai mieux qu'ici ?

— Bien sûr !

Il se tait. Il tire la gueule.

On reste encore un peu, à discuter d'autre chose, de nos enfants – son sujet de conversation préféré. Et puis on s'en va. On le laisse seul dans sa chambre aux murs nus, à nouveau. Ça fait tant d'années qu'il est seul, mon père. Depuis la mort de ma mère. Depuis vingt-cinq ans.

Mon père portait bien la quarantaine, et les blousons en daim, les pantalons en velours brun ou noir. Il était grand, bien bâti. Longues jambes, larges épaules, léger embonpoint. Un grand nez et des yeux bleus, très vifs. Un rire franc, sonore. Une voix forte, au timbre grave. Viril, sûr de lui, en apparence.

Il disait souvent « Écoutez-moi ».

Voltaire, Diderot, Sade, Victor Hugo, Romain Gary, Louis Calaferte, Georges Simenon, Michel Houellebecq… George Sand, Colette, Marguerite Duras, Virginie Despentes… Des gros jouisseurs et des bonnes baiseuses.

Toi t'as la nouille triste.

Si tu veux écrire mieux, faut que tu baises plus.

Et Jean Genet…

Dans le hall d'entrée du Château des cygnes, avec Catherine. Déjà une demi-heure qu'on attend l'arrivée de notre père, parti de l'hôpital en ambulance. Je ronge les petites peaux autour de mes ongles, en arrache une… aïe, ça pique. Je me concentre sur cette minuscule douleur, je la bénis.

Putain c'est long… Ici le temps s'écoule autrement, une demi-heure égale une heure, un jour égale une semaine, un mois égale un an… Suis en demi-apnée. Je ne veux pas remplir mes poumons de cet air-là. J'ai la trouille des nano-gouttelettes en suspension. Peur d'attraper la sénilitite – incurable, on en crève à tout petit feu. Point positif : ici, j'envisage mon futur suicide avec une grande sérénité. Je ferme les yeux. Les rouvre. Ce ne sont pas des anges, qui passent en déambulateur. Ça sent la bouffe de réfectoire, l'eau de Javel, et aussi cette odeur indéfinissable, commune à tous les EHPAD qu'on a visités. Ah ! Voilà l'ambulance.

Deux baraqués en blouses blanches en sortent et déplient un fauteuil roulant. Ils soulèvent mon père et l'installent dedans. On remercie les ambulanciers. Je pousse le fauteuil roulant. La directrice accueille mon père avec un large sourire, une franche poignée de main et le baratin d'usage.

— Alors c'est le grand jour, monsieur Cardan ! On vous attendait. Enfin sorti de l'hôpital ! Vous allez bien vous remettre, ici. Votre chambre est prête. On va faire une petite visite du Château, avant de signer les papiers.

Mon père ne dit rien. Il observe. On visite la salle à manger, vaste et lumineuse, genre cantoche qui se la pète – tables rondes recouvertes de nappes blanches, mini-bouquets de fleurs en plastique, tableaux hideux accrochés aux murs. En parcourant le couloir pour emprunter l'ascenseur qui parle, on croise des pensionnaires qui tiennent debout sans canne – une chance.

— Premier étage, dit l'ascenseur.

C'est là qu'on descend. C'est là qu'elle se trouve, ta piaule de 25 mètres carrés à 3 500 euros par mois. Avec Catherine, on a apporté quelques trucs de ton appart. Un ou deux bibelots. Une petite lampe. Un tableau peint par Anna, qu'on a accroché au mur, face à la porte, c'est la première chose que tu vois en entrant dans la chambre et tu souris, un peu.

— Il est pas large, le lit, tu nous fais remarquer.

Bah… c'est un lit médicalisé. Comme celui de l'hôpital. La salle de bains est grande, t'as vu ça ? Et adaptée à… avec un siège en plastique blanc sous la douche, une poignée à droite des WC. Une poignée à côté du lavabo, aussi. Allez, on va voir le jardin. Regarde comme il est beau !

C'est vrai, le jardin est beau, la pelouse est couverte de pâquerettes, il y a des bancs en rotin, des parasols. Tu pourras venir prendre l'air ici, c'est tout près de ta chambre. Tu vas te faire des nouveaux potes ! Des centenaires, des Alzheimer, des squelettes en déambulateur… Tu leur raconteras ta vie. Là, c'est l'endroit où tu feras ta kiné – avec vue sur le jardin. Et ici, la salle où ont lieu les animations.

— Les animations de quoi ?

Tous les jours, une animatrice propose des activités, des jeux d'éveil pour le 4e âge, pour travailler ta motricité… et aussi faire connaissance avec tes voisins.

— Vous verrez, vous serez très occupé, monsieur Cardan, affirme la directrice.

Çà et là, on croise des pensionnaires plus ou moins décatis, assis dans les fauteuils des « petits salons ». Ils ne se parlent pas, ont l'air d'être seuls, mais ensemble.

Retour dans le bureau de la directrice pour signer la paperasse.

— C'est vous qui signez pour votre papa ? elle nous demande.

— Non, c'est moi, il répond. Je vais pas rester là, je préfère vous prévenir, madame. Je veux rentrer chez moi dès que possible.

— Il n'y a aucun problème, monsieur Cardan. Ne vous inquiétez pas. Personne n'est retenu ici de force, le rassure la directrice.

— Bon… Faut signer où ? grogne mon père.

Sa main tremble. Y en a, des feuilles et des feuilles de contrat, à parapher et à signer et on préfère ne pas lire ce qui est écrit en corps 10. La directrice nous explique ça en diagonale.

— Dernière page… Et l'autorisation de prélèvement… Voilààà… signez ici… Parfait !

— La caution sera débitée en même temps que le premier mois de loyer ? demande Catherine.

— Exactement : le 12 du mois prochain.

On se lève, on serre la main de la directrice.

— Vous verrez… il va bien s'intégrer, elle nous souffle.

Je pousse le fauteuil roulant jusqu'à l'ascenseur. On remonte dans la chambre.

— Tu veux retourner un peu dans le jardin ? propose Catherine.

— Non, répond mon père. Je suis fatigué.

On range ses affaires dans le tiroir du meuble à roulettes, à côté du lit. Je l'aide à s'allonger sur le lit. On discute un peu. Catherine parle fort. Moi je ne dis rien. J'ai la gorge serrée. Une jeune femme frappe à la porte, c'est l'heure du goûter. On en profite pour s'esquiver.

— Bon on va y aller, papa chéri.

Et on l'abandonne.

Comment on pourrait faire autrement ?

J'avais pas capté
Je voulais juste boire une bière
Quel genre de bar c'était
Que des mecs
Des jeunes
Des moins jeunes
Que des mecs
Avec les yeux qui traînent
Non mais ça va pas
J'ai fini ma bière cul sec et je me suis tiré
Ouf
De l'air
Non mais ça va pas !

En 1975, alors que Romain Gary bande mou dans *Au-delà de cette limite votre ticket n'est plus valable*, la verve ébouriffante d'Émile Ajar éblouit le Tout-Paris littéraire avec *La vie devant soi*.

Du « sang neuf » ! s'exclament les critiques.

— Tu fais quoi, en ce moment ? me demande Anna.

— Rien… enfin si, je lis… entre deux visites à l'hôpital ou au Château des cygnes.

— Ah ouais… c'est vrai qu'il est là-bas, maintenant, grand-père… Comment ça se passe, alors ? Il est content ?

— Content ! C'est pas le mot. Que veux-tu qu'on fasse ? Faudrait qu'il meure vite.

— T'es dur ! Comment tu parles de ton père…

— « La perte d'autonomie d'un parent », comme ils disent… tu peux pas imaginer à quel point ça plombe ta vie. Je te ferai pas subir ça. Je te le jure, solennellement.

— Ça veut dire quoi ?

— Je m'arrangerai pour mourir avant de devenir un boulet. C'est promis.

— Ben c'est joyeux, comme discussion. Faut que

tu te changes les idées, là… Sors, amuse-toi un peu ! Et tu devrais te remettre à écrire, quelque chose de déjanté.

Anna avale son café, balance sa tasse dans le lave-vaisselle et m'embrasse sur la joue.

— Tu te brosses les dents, hein ?

— À c'soir, papa ! elle me répond en claquant la porte.

Je l'entends dévaler les escaliers en courant. La petite conne. Je lui ai assez répété qu'elle risquait de se rompre le cou. Petite conne adorée.

Elle était bonne la bière
Alors j'y suis retourné
Incognito
Ça m'amuse
Et ça m'excite
Je sais pas si ça m'excite parce que ça m'amuse
Ou si ça m'excite parce que ça m'excite
Que des hommes
Qui matent des hommes
C'est nouveau
C'est dangereux
Peut-être que ça m'excite parce que c'est dangereux
Je sirote ma bière
J'ai commandé une blanche
Me faire mater ça me déplaît pas
Eh les gars
N'allez surtout pas vous faire des films
Je viens juste boire une bière

Je la sirote, ma bière
Et ça me fait bander
C'est bien la première fois que ça me fait bander
De boire un demi
C'est bon, une bonne bière
Pourquoi se priver de ce qui est bon
Quand il vous reste quelques mois à vivre

Je m'appelle Paul – Paul ou Louis ?... Ou Jean ? Paul... c'est inoxydable, comme prénom.

Je m'appelle Paul, j'ai quarante-deux ans. Je suis né à Puteaux. Puteaux ou Levallois ? Plutôt Puteaux...

Je m'appelle Paul, j'ai quarante-deux ans. Je suis né à Puteaux. Une banlieue bâtarde : ni banlieue chic ni banlieue qui craint. Ni la vraie ville ni la campagne. Ni la foule qui grouille, ni les champs à perte de vue. Je suis un bâtard de banlieue. Mon père, je sais pas qui c'est. Je le connais pas mais c'est la personne que je déteste le plus au monde. Ma mère est morte et enterrée mais elle a été belle et jeune si j'en crois les photos de cette blonde sexuelle avec des seins ronds, la taille fine et tout ce qu'il faut pour faire bander un mort, comme dirait mon grand-père qui m'a servi de père, du coup je ne suis ni son fils ni son petit-fils mais quelqu'un entre les deux. J'ai toujours eu le cul entre deux chaises et j'ai horreur de choisir une chose plutôt qu'une autre, donc je me débrouille pour éviter.

Je m'appelle Paul, j'ai trente-huit ans, il paraît que je suis né à Marseille et que j'y ai vécu jusqu'à l'âge de cinq ans et des brouettes, jusqu'au jour où mon père nous a envoyés sur un platane alors qu'il conduisait trop vite en s'engueulant avec ma mère qui est morte sur le coup par la même occase, ce qui fait que je ne me rappelle plus rien alors je répète ce qu'on m'a répété pour m'expliquer pourquoi j'ai grandi dans une famille qui n'est pas la mienne et qui a changé plusieurs fois en cours de route.

Je m'appelle Paul. J'ai trente-cinq ans. Je suis français, d'origine indéterminée mais plutôt en provenance du Sud si on en croit ma couleur de peau qui tire vers le brun aux yeux noirs. J'ai pas envie de parler de mes parents – si on peut appeler ça des parents, quand on n'en a rien à foutre à ce point-là de ses enfants alors j'ai des excuses, même si je ne tiens pas à en abuser.

Pas mal, pour un premier chapitre.

Y a de l'énergie…

J'ai rien pris. Pas même fumé un joint. Juste deux ou trois bières. Suis défoncé quand même. Défoncé ou tout comme. À cause du bruit, peut-être. Les basses assourdissantes. Les corps qui s'agitent. Moulés, musclés, dénudés. De la chair partout autour. Mais qu'est-ce que tu fous là ? Finis ton verre et sauve-toi vite. Retourne à la niche. Non mais regarde-toi. Les corps qui vibrent en rythme et toi qui restes planté comme un piquet. Pour l'instant, c'est juste un balai que t'as dans le cul. Franchement tu fais pitié. Putain j'ai chaud. Je rêve ou il m'a frôlé ? N'y compte pas, mec. Même pas dans tes rêves. Je frissonne, j'ai de la fièvre peut-être. Faudra que je prenne ma température. Je vais rentrer. Je frissonne mais c'est parce que j'ai envie de pisser. C'est la bière qui donne des envies pressantes. Je vais boire autre chose. Un Bloody Mary. Ouais un Bloody Mary, bien corsé. J'en ai envie.

Dans le noir, on peut se permettre.

— On va devoir se débarrasser de ta voiture, papa.

— Comment ça ? Elle marche encore très bien.

— Mais toi, tu ne peux plus conduire.

— Bien sûr, que je peux conduire.

— Sois raisonnable, papa. Déjà, t'es incapable de marcher, comment tu pourrais conduire une voiture ?

— Je vais me remettre, et je conduirai encore. C'est pas toi qui décides ce que je dois faire, nom de Dieu !

— T'as failli tuer un gamin l'été dernier, quand tu t'es endormi au volant, il s'en est fallu de peu.

— Qu'est-ce que c'est que cette histoire ! Qui t'a raconté ça ?

— Brigitte. Elle a eu la peur de sa vie. Si elle t'avait pas réveillé en hurlant, tu te l'emplafonnais, le môme en vélo.

— Brigitte t'a raconté ça ? Elle exagère. Quelle

commère, celle-là ! C'est une trouillarde. J'ai freiné à temps. J'ai pas eu d'accident, moi.

— Un paquet d'accrochages, quand même. Y a qu'à regarder ta bagnole. Le pare-choc arrière, il tient avec du scotch.

— Et alors ?

— Papa… Il est temps que tu arrêtes de conduire. Tu ne tiens pas debout.

— Dans une voiture on est assis.

— On doit libérer ta place de parking, et revendre ta voiture. Il faut payer ton séjour ici, c'est cher.

— Tu m'emmerdes à la fin ! Tu veux tout régenter. Les femmes, c'est autoritaire, quelque chose de pas possible. T'es pire que ta mère, toi.

— Merci… je le prends comme un compliment.

— Et Benoît, il dit quoi ?

— Euh… Catherine a raison, papa. Ce serait dangereux, de conduire dans ton état.

— Vous vous liguez contre moi, alors.

— Papa… on t'aime, on essaie de t'aider.

Il ne répond pas. Il regarde par la fenêtre. Ses yeux essaient de s'accrocher à quelque chose, un merle qui sautille sur la pelouse, les feuilles d'un arbre, un tilleul… ou un noisetier ?… Ses beaux yeux bleus, encore vifs, oui il y a encore de la vie dans ces yeux-là… ils deviennent humides on dirait… merde, il va pas se mettre à chialer…

Je regarde Catherine, je lui fais un petit signe de

la main. Vas-y mollo, quand même. Elle est dure, Catherine. Dure autant qu'efficace. Elle assure, elle règle les problèmes, vite et bien, et puis elle présente le justificatif : la vérité, toute crue toute livide toute moche. Prends-toi ça dans la gueule, c'est gratuit.

Mon père il n'en veut pas, de la vérité. Qui pourrait le lui reprocher ?

Je m'appelle Paul, j'ai trente-six ans. Je mens tout le temps parce que ça m'arrange avec les autres. Si tout est mensonge, y a plus de jugement, pas de hiérarchie dans le vrai du faux, aucun souci de vraisemblance ou de faux-semblables, tout est faux, comme ça on s'y retrouve mieux, y a plus à s'inquiéter de savoir si ça colle avec le vrai, tout est malléable, tout s'enquille, tout s'emboîte nickel, y a qu'à se faufiler comme une anguille sous roche, suffit d'un zeste d'agilité, d'adaptabilité et puis c'est créatif, on brode, on enjolive à plaisir, c'est ludique, c'est loufoque si ça nous chante, on s'ennuie moins et on convainc plus. Je n'y vois que des avantages et tout le monde est content. La vérité, personne n'en veut parce que qui peut se payer le luxe ? Elle est moche et elle pue de la gueule, la vérité. C'est une salope de première. Elle fait pas de cadeaux et elle coûte cher. Elle coûte un bras, une jambe ou même une vie et tout ça pour rien. Ça change quoi, la vérité, quand on est refroidi ? On nous enterre avec et personne ne s'en soucie plus. Même la mémoire s'en fout, de la vérité, c'est pour dire…

La vérité : qu'elle crève la gueule ouverte. Pour le coup je suis sincère.

J'avais huit ans… peut-être neuf ou dix. Mon père fumait des Gitanes. Il conduisait sa Renault 16 blanche. Vite. Le bras gauche replié sur la vitre ouverte, la clope au bec. Il prenait des risques pour doubler des camions sur la quatre-voies. Quatre, cinq… sept camions à dépasser. Ma mère allumait une Gallia triple filtre. Moi et ma sœur, on somnolait à l'arrière dans un nuage de fumée. Personne n'attachait sa ceinture. J'avais envie de vomir, et de pisser. Je demandais à mon père de s'arrêter. Il refusait – à cause des camions, il venait d'en doubler un huitième. Je gémissais et menaçais de me répandre sur la banquette arrière. Mon père rétrogradait et s'arrêtait sur le bas-côté en râlant. J'ouvrais la portière et dégueulais mon Nesquik dans l'herbe. Tout le monde sortait de la bagnole pour pisser. Mon père enrageait en regardant les huit camions repasser sous nos yeux.

Il s'appelle Antoine
Je sais plus où je l'ai rencontré
Le bar ?
Ou la boîte ?

Je m'appelle Paul, j'ai trente-quatre ans et j'ai des convictions qui changent souvent d'avis. La peine de mort, je suis pour, parce que celui qui se prend pour Dieu en se permettant de décider qu'il va finir la vie d'un être humain qui croise sa route est un putain de psychopathe qui mérite de mourir avant de récidiver.

Qu'est-ce qui fait qu'on a envie de tuer ? Moi je crois que c'est la vie qui donne envie de tuer. Personne ne sort du ventre de sa mère avec un couteau entre les dents. C'est la vie qui commence de traviole et qui s'enchaîne en cascades de catastrophes – pas pour tout le monde heureusement et pas tout le temps, heureusement. Il y a des répits qui ressemblent à de l'amour mais si c'est de la courte durée, c'est pire après qu'avant. Moi ça m'arrive d'avoir envie de tuer tout le monde que je connais, et surtout mon père que je ne connais pas mais je sais que ça ne me réglerait pas, donc j'essaie d'éviter. Quand j'ai trop envie de tuer, je hurle à l'intérieur, ça résonne dans ma carcasse mais personne n'entend.

La peine de mort, je suis pour ou contre, ça dépend des cas, on ne peut pas s'enfermer dans la rigidité avant de décider une décision aussi grave. Il faut peser les choses et son contraire, il faut examiner le contexte des circonstances et depuis le temps que j'y réfléchis, j'en arrive à la conclusion que je n'aimerais pas qu'on me demande si oui ou non, un homme ou une femme qui s'est permis de liquider son prochain ou sa prochaine, mérite de mourir par injection de souffrance, comme aux États-Unis où ils ont des problèmes d'approvisionnement de stocks pour exécuter les condamnés à mort, ce qui fait que le supplice dure dans la conscience de se voir crever, au lieu de s'endormir tranquillement pour ne jamais se réveiller. Ce genre de peine de mort ne devrait pas exister, alors finalement, je suis plutôt contre.

Menteur. Tu te rappelles parfaitement, la première fois que tu l'as vu. Accoudé au bar, sa tignasse brune, épaisse et indisciplinée, éclairée par un spot rouge. Du feu dans ses cheveux – et dans ton caleçon quand tu as croisé son regard. Liquéfié de la tête aux pieds, t'étais. On n'oublie pas un instant comme celui-là. Son regard oblique et insolent qui te foutait à poil. Et ça te plaisait. T'en avais envie. Perdre le contrôle. Ça faisait si longtemps que t'étais à la diète. En hibernation sexuelle.

Quand on a envie de tuer, c'est qu'on a envie de mourir. On tue un autre pour retarder le moment de se tuer soi-même. Quand on tue un autre être vivant, y a quelque chose qui meurt en soi-même et on devient pas un mort, mais pire. Je dis pas ça pour excuser ceux qui tuent, mais je crois pas qu'on puisse être heureux quand on a tué – sauf si on est un putain de psychopathe qui se fait plaisir en enfonçant un couteau dans de la barbaque humaine, mais ça, c'est des cas de psychiatrique et on ne peut rien faire pour les arrêter. Et je parie que même les psychopathes psychiatriques ne sont pas heureux, parce que jouir et être heureux, c'est pas la même chose.

Merde ! J'ai pas envie de parler des tarés qui tuent pour jouir – c'est pas du tout mon genre, je vous rassure.

Je m'appelle Paul, j'ai trente et un ans et j'ai jamais tué personne.

— Y a rien à manger ?

— Je sais pas, regarde dans le congélo.

— J'en ai marre, de bouffer du Picard. Pourquoi tu nous prépares plus tes bons petits plats ?

— J'écris… je veux pas m'interrompre. Je suis sur ma lancée, là.

— Ouais ouais, c'est très bien… mais moi j'ai faim. Il se passe quoi, en ce moment ? Maman rentre de plus en plus tard. Toi, tu sors un soir sur deux…

— Je suis désolé, Anna. Ta mère travaille beaucoup, je sors parce que je m'ennuie d'elle.

— Et moi, alors ?

— Allez… j'éteins mon ordi. Je t'invite au resto. Tu veux manger où ?

— Au japonais.

J'enfile un blouson. Anna est déjà en train de dévaler l'escalier. Je la rattrape dans la rue. Elle marche vite, tête dans les épaules et mains dans les poches de son jean. Au resto, elle commande des sushis et les dévore, le nez dans son assiette. Moi je mange mes sashimis sans moufter. J'aimerais lui parler mais ce soir, je ne trouve pas les mots. C'est Anna qui rompt le silence en marmonnant :

— Et tu vas où comme ça, le soir ?

— Je vais boire des coups avec des vieux potes, ça me fait du bien, de sortir de mon antre.

— Vous buvez des coups jusqu'à 3 heures du mat ?

— Les vieux ont droit de s'amuser. Tu surveilles l'heure à laquelle je rentre ?

— Les enfants ont le droit de s'inquiéter. Je veux bien que tu t'amuses, à condition que tu continues à cuisiner.

— D'accord madame.

— À part ça… c'est fort, ce que t'as commencé à écrire.

— Tu as lu ?

— Ouais… ça traînait sur ton bureau.

— Et tu trouves ça bien ?

— Ça déchire. Tu te lâches.

— Ah, je suis content que tu me dises ça !

— C'est sincère… et j'ai pas spécialement envie de te faire des compliments, en ce moment. T'écris de mieux en mieux, mais c'est pas une raison pour cuisiner de plus en plus mal.

On a vidé l'appartement de mon père – pas les meubles, juste leur contenu. Un tas de vieilles choses qui ne lui servaient plus. Du linge fatigué, des fringues mitées, de la vaisselle ébréchée... on a grossièrement trié les paperasses, j'espère qu'on n'a rien jeté d'important. Le pire, c'étaient les livres. Des dizaines de cartons à remplir – c'est moi qui me suis cassé le dos à les porter jusqu'au coffre du break de Catherine. Tellement lourd, tous ces cartons, que le cul de la voiture flirtait avec le trottoir. On a apporté les livres chez Emmaüs, les mecs ont ouvert un ou deux cartons, ils avaient l'air contents et ils ont tout gardé.

On est retournés à l'appart et on a continué à jeter, mécaniquement et de plus en plus rapidement. On n'a pas fait le détail. Trop douloureux, trop déchirant, de s'attarder sur les souvenirs quand on balance une vie entière à la benne. Des dizaines de sacs-poubelle. J'ai pensé que chez moi, c'était pire : toutes les choses inutiles qui prennent la poussière au fond des placards depuis des années… Et tous mes livres… Quand le moment sera venu, mes survivant(e)s se démerderont.

On a gardé les quelques vêtements que mon père porte encore – toujours les mêmes –, les photos de famille et les lettres, qu'on a rangées dans des caisses en plastique. On a fait le grand vide, ouais. On n'avait pas le choix. J'aurais préféré attendre mais on ne pouvait pas se le permettre. Il faut louer l'appartement pour payer les factures du Château des cygnes alors dans l'urgence, Catherine et moi – enfin… plutôt Catherine que moi – avons pris la décision de vider l'appartement et on l'a fait. Un peu, beaucoup trop vite. J'aurais préféré attendre mais Catherine a raison : ça n'aurait servi à rien, qu'à s'endetter. Mon père ne peut plus vivre seul chez lui, sous peine de refaire une chute qui pourrait être fatale, cette fois-ci.

Une chute fatale.

À la bonne heure.

Elle fait chier Catherine, avec son efficacité bulldozer. On aurait dû le laisser rentrer chez lui.

Il était dans les cartons qu'on a donnés à Emmaüs. Le livre de chevet de ma mère. La première édition de *La vie devant soi*. Putain de merde. Elle fait chier, Catherine. C'est ma faute, j'ai balancé les piles de livres dans les cartons sans prendre le temps de faire un tri. Quel con putain ! On l'a vidé trop vite, l'appartement. Je m'en veux, j'en veux à Catherine. Grosse chieuse autoritaire. Merde !

Je vais y aller. Je vais retourner chez Emmaüs. Et je le rachèterai.

Enfin ! Le virement de mon à-valoir de 50 000 euros est annoncé sur mon compte. Il a pris son temps, le sieur Gibert. J'ai cru que je ne verrais jamais la couleur du fric. Il a fallu le relancer à plusieurs reprises, avec fermeté et opiniâtreté : pas de pognon, pas de suicide sacrificiel.

Ça m'a tout de même fait mal au cul – possible que cette douleur interne, d'intensité variable, ait d'autres causes – de faire un chèque de 7 500 euros à l'ordre du Château des cygnes. Catherine m'a promis qu'on me rembourserait au plus vite, dès que l'appartement serait loué. Y a intérêt.

Je me suis précipité chez Emmaüs pour racheter l'exemplaire familial de *La vie devant soi*. Le type a vaguement cherché dans la réserve pendant que je passais les étagères au peigne fin. Hélas, le livre est resté introuvable.

— Vous l'avez déjà vendu ? j'ai demandé.

— Je sais pas, moi… On vend plein de trucs, je me rappelle pas.

— Vous ne pouvez pas vérifier ?

— Bah non… Quelqu'un qui bosse ici l'a peut-être pris pour lui.

— Vous avez le droit de faire ça ?

— On est chez Emmaüs. Si vous donnez des choses, faut pas vouloir les récupérer. Donné c'est donné.

Merci connard. J'ai pas besoin de tes petits proverbes à deux balles pour gâcher cette journée qui avait si bien commencé.

Les journées filent… je ne les vois pas passer.
Mon roman avance vite.
J'ai pas le choix : mon temps est compté.

Tu as promis quelque chose de sacrificiel.
Comment vas-tu t'y prendre ?
Seppuku comme Mishima ?
Seppuku ?
Oui, seppuku : éventration puis décapitation par un disciple.
T'es fou, pas seppuku !
Pendaison ?
Sûrement pas.
Revolver.
Un Smith & Wesson.
Comme Romain Gary.
Comme Richard Brautigan.

Je m'appelle Paul, j'ai trente-neuf ans et j'aimerais ne pas rester moi.

J'aimerais ne pas m'avoir connu. Jamais. Y a des gens comme ça, qui vous portent la poisse à l'infini.

Être un autre que moi-même : c'est ce que je voulais plus que tout au monde et j'ai fait mon maximum mais ça n'a pas marché avec satisfaction. Y a pas de miracle pour devenir quelqu'un d'autre qu'on serait heureux de fréquenter à longueur de journée. On naît soi et on ne peut plus y échapper, alors vaut mieux être prévenu : si on s'échappe de soi, on ne va jamais très loin sans se faire rattraper. J'ai essayé d'aller voir ailleurs si j'y étais pas mais je me suis retrouvé nez à nez, partout et tout le temps.

Quand même, j'ai aimé et été aimé par quelqu'un dans la sincérité, c'est rare que ça coïncide et pour ça, on peut dire que j'ai eu de la chance.

Je m'appelle Paul, j'ai quarante-deux ans et je suis

sûr de rien sauf d'une seule chose : faut jamais regretter d'avoir aimé, malgré les séquelles catastrophiques, parce que c'est le genre de catastrophe qui vaut la peine de vivre.

Mal au crâne
Mal à l'estomac
Envie de vomir
Envie de mourir
Bu beaucoup de champagne
Beaucoup trop
Chaque fois c'est pareil
Je sais pas m'arrêter avant le verre de trop
Et je le paye cher
Le verre de trop
De plus en plus cher
À mesure que les années passent
Et puis merde
C'est normal de fêter la fin d'un nouveau roman
Chaque fois c'est pareil
Je me réjouis pendant quelques heures
Quelques jours
Mais les réjouissances sont de courte durée

Et ça tombe comme une matraque
La fatigue de plomb
Chaque fois c'est pareil
Je les vois arriver de loin
Bras dessus bras dessous
L'angoisse et le vide
Et le désespoir en embuscade

À qui je vais le présenter, mon manuscrit ?

À Jacques ?

— Tu sais quoi, Jacques ? C'est mon meilleur texte, et de très loin. Juré craché. Tu vas voir, mec : j'ai tout donné.

— Arrête tu m'excites ! Vas-y, apporte-le-moi tout de suite. Je le lis cette nuit.

Comme j'aimerais ! Mon vieux Jacques. Il me manque tellement, ce chameau.

« J'adore ton texte, mais je ne peux pas le publier. »

« Je suis plus le seul à décider. »

« On a regardé les chiffres de vente de ton dernier roman. »

« Avant d'envisager toute publication, on est obligés de faire un compte d'exploitation. Et le tien était mauvais, Benoît. »

Aucune de ces phrases, prononcées par Jacques le jour de mon exécution capitale, ne pourra être oubliée. Jamais.

C'est mort, avec Jacques.

Une peau très douce
Et une bite très dure
Ça fait drôle
Je suis pas habitué
Un drôle d'effet, ouais
Un putain d'effet
D'une intensité folle
Incomparable

Sonnerie Harpe. Encore. Je ne réponds pas.

Pour plus de tranquillité, j'ai changé la sonnerie des appels entrants de mon père, ce qui me permet de les identifier immédiatement et de décrocher – une fois sur deux… soyons honnête, une fois sur cinq ou six, plutôt – uniquement quand je suis disponible pour prêter une oreille attentive à ses doléances. Du coup, il appelle moins – et laisse des messages interminables que j'écoute rarement jusqu'au bout. J'ai choisi la sonnerie Harpe, discrète et zen.

C'était terrible, juste après son admission au Château des cygnes. Il appelait trois ou quatre fois par jour, ça me foutait les nerfs. Impossible d'écrire.

— Allô Benoît ? Elle est où, Catherine ? J'arrive pas à la joindre.

— En réunion, sans doute…

— Écoute… Ça se passe pas bien. Ils refusent de me servir du vin. Cette connasse de médecin m'a mis au régime sec. À cause de mes analyses de sang. Pas de sel pas de vin, tu te rends compte ! J'ai fait un scandale. En fait j'ai compris. C'est parce qu'on a un alcoolique à notre table. Ils veulent pas nous servir du vin pour ne pas le tenter. C'est gai. Il parle pas, l'alcoolique, en plus. Y a que moi qui fait la conversation, à table. Ils sont sinistres, tous ces vieux. Sans vin, c'est pas supportable !

— Ah… C'est moche, ça… T'inquiète pas, je vais les appeler pour leur dire. Je te tiens au courant.

— D'accord. Je compte sur toi.

Une heure plus tard :

— Allô Benoît, alors ? Tu les as appelés ?

— J'ai pas eu le temps, papa. Je suis en train d'écrire. Mais je vais le faire. T'inquiète pas.

— Ah… Bon… Rappelle-moi vite…

— Oui. Promis.

— Et comment va Anna ?

— Bien. Je te rappelle, papa. Je suis en train de travailler, là.

J'ai arrangé le coup avec la directrice, on l'a changé de table et on lui a servi un verre de vin par repas.

— Il est imbuvable, ce vin. Une piquette infecte. C'est abominable ce qu'on peut s'emmerder, ici. Je les supporte pas, tous ces vieux. Y en a une, elle est toujours perdue. Elle erre dans les couloirs, incapable de retrouver sa chambre… Je la raccompagne jusqu'à sa porte, elle me dit « Merci, Albert ».

— Ah ah !

— Ben c'est pas drôle… J'ai pas envie de rire, tu peux me croire… Je veux rentrer chez moi.

— Tu sais bien que c'est impossible.

— Quand est-ce que tu viens me voir ? On ira au restaurant ? J'en peux plus, de leur bouffe de merde. T'as pas idée, à quel point c'est dégueulasse.

— Promis, on ira au resto.

— Celui de la dernière fois ? C'était pas terrible… la viande était dure.

— Je vais en chercher un autre mais le dimanche, c'est pas évident.

— Alors tu viens ce week-end ?

— Euh… ce week-end, je peux pas…

— Ah bon ? Tu m'avais dit que tu viendrais !

— Non, je t'avais dit que je viendrais le suivant.

— Ça t'emmerde… je comprends ça… Je comprends très bien… Boh, t'as qu'à plus venir du tout, ce sera plus simple. Je vais pas tarder à passer l'arme à gauche, de toute façon…

— …

Des mois et des années que mon père nous promet sa mort prochaine. En fait c'est lui qui va m'enterrer.

— Allô, Benoît Cardan ? François Gibert. Vous êtes sacrément dur à joindre !

— Je suis désolé… J'allais vous rappeler. J'ai des problèmes familiaux en ce moment : mon père, en perte d'autonomie… on doit gérer ça en urgence.

— Ah… vous aussi… Quelle plaie !

— Ça bouffe un temps et une énergie considérables.

— Je vous le fais pas dire.

— Vous êtes confronté à ce problème ?

— Qui ne l'est pas, dans notre génération ? Parlons d'autre chose ! Je réfléchissais à votre titre. Vous pouvez trouver mieux. *Passage à vau-l'eau*, c'est un peu mou, un peu défaitiste…

— Ça renvoie à la fin… le passage à niveau.

— On s'en fout, du passage à niveau. Je veux dire… Y a pas de passage à niveau, sur le parvis de la BnF – je pense que c'est un excellent endroit, très stratégique !

Au fait… avez-vous réfléchi à la manière dont vous allez procéder ?

— Vous avez raison, pour le titre.

— Il faut quelque chose de plus… comment dire… plus impactant. Plus violent. En rapport avec votre… happening.

— Je suis d'accord avec vous, je vais chercher un meilleur titre.

— Et… je me disais que ce serait malin d'attirer l'attention sur vous, avant l'acte.

— Comment ça ?

— Vous êtes sur les réseaux sociaux ?

— Oui. Instagram et Facebook, mais je poste très peu.

— Vous pourriez peut-être faire allusion à votre événement, quelques jours avant, de manière très énigmatique.

— Comment ça ? Vous pensez à quoi, exactement ?

— Euh…je ne sais pas… C'est vous, l'écrivain. Un genre de teaser…

— J – 2… J – 1… ?

— Je vous laisse peaufiner ça… Vous comprenez… je ne voudrais pas que votre sacrifice passe inaperçu. Il suffit qu'un gros événement survienne en même temps et monopolise tous les médias – attentat, catastrophe naturelle ou scandale politique… Et patatras !

— …

— La date de sortie du livre est fixée au 27 août.

— Ah… C'est un peu tôt, non ? Les gens sont à peine rentrés de vacances.

— Justement, c'est bien. Il y a moins d'actualité. Et on sera dans la course pour la rentrée littéraire.

— Je réfléchis au titre et je vous rappelle.

— Parfait. Je compte sur vous… Il faudra aussi que vous rédigiez votre lettre… votre manifeste sur la mort de la littérature. Et n'oubliez pas… les réseaux sociaux, c'est crucial. Vous êtes le seul à pouvoir créer le buzz !

Je raccroche. Fait chaud. Tête qui tourne. Mains qui tremblent. Subite nausée. Je me précipite dans la salle de bains pour vomir tout le contenu de mon estomac dans la cuvette des chiottes.

Et le titre ? Faut que ça claque.
Qu'importe qui ?
Ou
N'importe moi ?…
Bof… pas terrible.
Mon autre ? Il manque un truc.
Lui, mon autre
Ah oui… ça me plaît bien,

Lui, mon autre

Dans l'enveloppe, le manuscrit et c'est tout. Pas de lettre d'accompagnement. Zéro baratin. Juste un nom – surtout pas le mien. Benoît Cardan est mort ou presque, au placard, à l'agonie, bientôt dans la fosse commune des écrivains de troisième zone. Un nom – un peu exotique de préférence – et une adresse mail.

Manuscrit à l'aveugle.

Joao… Pedro… José, Manuel… Manuel ?… Antonio… Augusto, Alberto, Andrés…

Andrés… pas mal.

Étymologie : vient du grec *andros*, signifie « homme viril ». Version espagnole, portugaise et sud-américaine d'André. Prénom rare. Âge moyen : trente-six ans. Impec.

Andrés comment ?

Andrés Garcia ? Trop commun.

Gonzales ? Gomez ? Rodrigues ? Rojas. Non. Mora ? Andrés Mora. Ça sonne bien.

Je tape « Andrés Mora » sur Google. Ah… c'est un joueur de base-ball mexicain… ou plutôt c'était – il est mort en 2015.

Un joueur de base-ball sud-américain décédé…

Parfait.

Andrés Mora.

Vais leur mettre un grand coup de batte dans la gueule.

J'ai fait rissoler le rôti de veau dans une cocotte et l'ai cuit à feu doux – pas trop, la viande doit rester rosée – avec quelques carottes coupées en morceaux, un oignon, une branche de céleri et un demi-verre de vin blanc. J'ai monté une mayonnaise – à la fourchette – que j'ai mélangée au mixeur avec du thon blanc, trois anchois, deux cuillérées à café de câpres au vinaigre, un peu du jus de cuisson de la viande, quelques feuilles de persil et le jus d'un citron. J'ai laissé refroidir la viande puis l'ai coupée en tranches ultra fines que j'ai disposées sur un grand plat ovale en porcelaine blanche. J'ai nappé les tranches de viande avec la mayonnaise au thon et parsemé le tout de câpres et de feuilles de persil hachées menu.

Delphine s'est resservie trois fois, Anna, quatre.

— J'adore ce nouveau plat. C'est quoi ?

— Du vitello tonnato. C'est italien.

— J'adore les Italiens.

— Et les Mexicains, les Espagnols, les Portugais, tu les aimes ?

— Bah oui… j'aime tout le monde sauf les cons, moi. Pourquoi ?

— Je cherche un pseudo pour mon nouveau roman. En fait, je crois que j'ai trouvé.

— Tu veux publier sous pseudo ? demande Delphine.

— Oui. C'est ma dernière chance.

— Pourquoi ta dernière chance ?

— Ils veulent du sang neuf.

— Qui, ils ?

— Tout le monde. Les éditeurs, les journalistes, les lecteurs…

Silence de courte durée.

— Et c'est quoi, ton pseudo, alors ?…

— Andrés Mora.

— C'est pas mal… Ça fait pas français, en tout cas.

— Nul n'est prophète en son pays. Et toi Delphine, tu en penses quoi ?

— Andrés Mora. J'aime bien. C'est sexy. Mais tu vas faire comment ?

— Je vais envoyer mon manuscrit, au nom d'Andrés Mora. À un seul éditeur, pour commencer.

— Et après ? Si l'éditeur veut le publier et te rencontrer ?

— J'aviserai.

— C'est un peu casse-gueule, dit Delphine avec un sourire ironique.

Ses yeux pétillent. Ça l'amuse, que je prenne des risques. J'aime cette femme et je n'ai pas envie de la perdre. Elle a un amant, moi aussi. Deux bonnes raisons pour ne pas divorcer.

Anna se ressert de vitello tonnato pour la cinquième fois.

— Mais c'est excitant, remarque-t-elle, la bouche pleine.

Je suis assis face à Anna et à Delphine. Dans ma main gauche, je saisis la main d'Anna, et dans ma main droite, celle de Delphine.

— Faites-moi le serment de ne *jamais* rien dévoiler, *à personne*, sur cette histoire de pseudo. Quoi qu'il arrive.

— Juré craché. Je serai une tombe, promet Delphine.

— Moi aussi. Tu peux compter sur ma bouche cousue, dit Anna.

— J'ai entièrement confiance en vous.

On reste comme ça un moment, à se sourire en se tenant les mains.

Étrange, ce qui se passe dans cette maison en ce moment. Les liens deviennent élastiques. Peu à peu, chacun reprend sa liberté et pourtant, nous restons amis et aimants. Et à cet instant, plus soudés que jamais, par le secret.

ANDRÉS MORA

LUI, MON AUTRE

andresmora@gmail.com

Me suis relu et corrigé. Quatre fois.

J'ai créé l'adresse mail andresmora@gmail.com, l'ai reliée à la mienne.

J'ai imprimé le manuscrit, l'ai relu une dernière fois, glissé dans une enveloppe en kraft et l'ai adressé à un seul éditeur, très prestigieux : Maurier.

Téléchargé un logiciel pour accéder au Dark Web. Cherché, trouvé et commandé un Smith & Wesson, calibre 38 – même modèle que celui avec lequel Romain Gary s'est fait sauter la cervelle.

Mains moites, demi-molle, cœur battant comme celui d'un moineau.

Rôder sur le Dark Web.
Se faire enculer la nuit dans des recoins sombres.
Changer d'identité…

Tu vis dangereusement en ce moment.

De : Louis Maurier
À : Andrés Mora

Cher Andrés Mora,

Merci de nous avoir adressé votre manuscrit, Lui, mon autre, que nous avons lu avec beaucoup d'intérêt. Votre écriture, vive et inspirée, et le personnage de Paul, complexe et attachant, nous ont séduits ; à l'unanimité. Nous serions très heureux de publier ce texte. Serait-il possible de nous rencontrer au plus vite afin d'en discuter ?
Dans cette attente, très cordialement,

Louis Maurier
Éditions Maurier
17 rue Saint-Barnabé – 75006 Paris
01 47 52 28 91

Je relis le mail de Louis Maurier que je viens de recevoir. Cinq fois, dix fois, je le lis et le relis.

Louis Maurier, putain !

Benoît Cardan chez Maurier, s'il vous plaît.

Non.

Pas Benoît Cardan.

Andrés Mora.

Mon autre moi.

Ah ah !

Je rigole je rigole.

Mais je réponds quoi ?

Je vais appeler. Me présenter.

— Bonjour, pourrais-je parler à Louis Maurier ?

— Qui le demande ?

— Andrés Mora.

Et je me pointerai. Je lui expliquerai. J'avouerai : Andrés Mora c'est moi ! Vous me reconnaissez ? Oui ? Non ? C'est moi, Benoît Cardan. C'est drôle, hein ? Je vous ai bien niqués, les gars.

Pas certain que ça le fasse rire, Maurier.

Merde. Mon texte, il est bon oui ou non ? S'il est bon, il est bon et c'est tout ce qui compte. MERDE !

Mais tu crois quoi ? Qu'il va être heureux, Maurier, de te voir débouler ? Toi, Benoît Cardan, cinquante-deux ans et des brouettes, 1 846 exemplaires vendus de ton dernier roman qui a reçu le prestigieux prix des lecteurs de la ville de Bourgne, en Franche-Comté.

Louis Maurier attend Andrés Mora.

Pas toi.

Déconne pas.

Ne le fais pas débander avant d'avoir signé le contrat.

Imbécile.

De : Andrés Mora
À : Louis Maurier

Cher Louis Maurier,

Merci pour ce mot. Je suis sincèrement heureux de vous lire, et impatient de vous rencontrer. Malheureusement, je suis retenu à l'étranger pour des affaires familiales qui, je l'espère, se régleront dans les jours qui viennent. Soyez sûr que je vous recontacterai dès que possible afin que nous fixions un rendez-vous. À bientôt, donc

Andrés Mora
06 55 28 97 74

J'ai acheté une carte SIM Orange. Ai remis en service un vieux portable à clapet. Si Louis Maurier appelle, il tombera sur l'annonce que j'ai enregistrée :

— Bonjour, vous êtes bien sur la boîte vocale d'Andrés Mora. Laissez un message, je vous rappellerai dès que possible.

Antoine, d'habitude je le vois le soir et la nuit. Dans des endroits bruyants et mal éclairés – plus flatteurs que la lumière du jour, impitoyable pour ma peau de cinquantenaire. Surtout que j'ai une sale gueule, aujourd'hui. Mal dormi, d'un sommeil léger et agité. Antoine aussi a l'air fatigué – cheveux en pétard, joues creusées et yeux cernés de mauve, ce qui le rend encore plus sexy. Salauds de jeunes.

— Arrête de bouger tes genoux comme ça... T'es nerveux ? il me demande en tirant lascivement sur sa clope.

Et il effleure mon genou droit avec le dos de sa main gauche. Ma bite durcit instantanément. Je me demande si je suis définitivement pédé, ou si c'est juste ce type-là qui me fait cet effet-là. Dévastateur.

— Tu sais que t'as un physique d'acteur, je lui dis.

— Ah bon... Tu trouves ?

— Après… faut voir si t'es photogénique… en tout cas, tu dégages quelque chose de magnétique.

— Merci…

— Je te regarde… et je me dis que tu serais parfait.

— Parfait pour quoi ?

— Pour jouer un rôle.

— Quel rôle ?

— Le rôle d'un jeune homme plein de talent.

— Si tu le dis…

— Je vais t'avouer quelque chose que je n'ai dit à personne, mais tu dois me promettre que tu ne le répéteras pas. Jamais.

— T'es un mec bizarre, toi… Je te jure, je répéterai rien.

— J'ai écrit un roman que j'ai envoyé sous pseudonyme à un éditeur…

— Ah ouais… t'es écrivain. C'est classe… Sous pseudonyme ?

— C'est ça… sous un autre nom. Cet éditeur veut publier mon roman, donc, me rencontrer… ou plutôt, rencontrer mon pseudonyme.

— Ça m'a l'air compliqué, ton embrouille…

— Est-ce que tu accepterais de te faire passer pour lui, de jouer le rôle de l'auteur qui a écrit le roman ? Juste pour quelques rendez-vous. Il faut une personne physique, au début, pour que l'éditeur visualise l'auteur, sinon il aura des soupçons. Après, je me débrouillerai. Il partira à l'étranger, le pseudo…

— Tu crois que moi, je peux passer pour un écrivain ?

— Et pourquoi pas ?

— Ch'ais pas… j'y connais rien, il avoue avec une moue enfantine qui me donne envie de le prendre dans mes bras.

— T'inquiète pas… je te brieferai. Par contre il faut que tu lises mon roman et qu'on en parle un peu.

— Quand ?

— Le plus vite possible. Tout de suite.

Il ouvre des yeux ronds. Merde. Il sait lire, au moins ?…

— Et faudra que je lui dise quoi, à ton éditeur ?

— Pas grand-chose. Moins tu seras bavard, mieux ce sera. On cultivera le mystère.

— C'est risqué, quand même… S'il se rend compte que c'est pas moi, l'écrivain ? Je sais faire plein de trucs, mais écrire…

— Il y a toutes sortes d'auteurs. T'es pas obligé d'avoir lu tous les classiques. On peaufinera ton personnage. Pas besoin d'en faire trop. Ta présence, quelques mots bien choisis… Et voilà.

— Et j'y gagnerai quoi, moi ?

— Mon estime… Non, sérieusement, je te donnerai une part de l'à-valoir.

— C'est quoi l'avaloir ?

— La somme d'argent qu'un auteur perçoit après avoir signé le contrat.

— Tu me paieras, alors ?

— Oui, un peu. Tu apparaîtras très rarement – le moins possible –, tu seras un auteur sauvage, mystérieux et insaisissable. C'est plutôt excitant comme rôle, non ?

— Ouais… Faut voir. Après tout, si tu me payes…

— Ne t'attends pas à des sommes folles, c'est un job très mal payé, écrivain.

— Déjà que je te suce gratos…

— Ah ah !

— Et il s'appelle comment, ton pseudonyme ?

— Andrés Mora.

— Andresse Mora ? Tu trouves que j'ai une gueule à m'appeler Andresse Mora ?!

— Pourquoi pas… T'as la peau plutôt mate, t'es presque brun… Au fait, ce serait mieux que tu portes une perruque.

— Une perruque !

— Je te verrais bien avec une autre coupe, des cheveux plus sombres, un peu plus longs… et ça éviterait qu'on te reconnaisse.

— On va me reconnaître, tu crois ?

— On fera tout pour l'éviter, mais on ne peut pas exclure qu'un jour, tu sois reconnu par un proche. Dans ce cas, il faudra que tu mentes, que tu dises que tu as un sosie.

— Et si on me croit pas ?

— On ne peut pas tout anticiper, mais au pire, tu diras que c'est toi qui as écrit le roman, sous le pseudonyme d'Andrés Mora.

— C'est chelou, ton scénario.

— S'il arrivait qu'on te reconnaisse, est-ce que tes amis et ta famille pourraient croire que tu as écrit un roman, sans en parler à personne ?

— Ch'ais pas, moi… Ma famille, je les vois presque plus.

— Pourquoi ?

— Ils me soûlent. Ils kiffent pas les pédés.

— Et tes amis ?

— Bah les amis… ça va, ça vient… Je raconte pas trop ma vie, moi. Je préfère profiter que tchatcher.

— T'as bien raison. Et au boulot ?

— On parle que de cul.

— Parfait.

— Pourquoi tu veux publier un roman sous un nom que personne connaît, alors que t'es déjà écrivain ?

— Ah ! Trop long à expliquer… Alors, t'es partant ?

— Andresse Mora… avec une perruque…

— Faut prononcer Anndrrés, pas Endresse.

— Andrés Mora… Mouais… Why not ?

De : Benoît Cardan
À : François Gibert

Cher François,

J'ai réfléchi au nouveau titre, je vous propose :

Chapitre dernier,

qui me paraît coller parfaitement avec le texte… et le projet.
Qu'en pensez-vous ?
Amicalement,

Benoît Cardan

— T'as lu mon roman ?

— Ouais.

— Tu en penses quoi ?

— C'est pas mal... J'ai réussi à le lire en entier. Mais il parle bizarrement, ton personnage.

— C'est une écriture orale.

— Je parle pas comme ça, moi... C'est un menteur, en fait. On sait pas trop quel âge il a, ni ce qu'il a fait exactement...

— On le devine.

— Et je suis censé lui ressembler ?

— Ah non. C'est une fiction, pas une autobiographie.

— Alors, je vais lui dire quoi, à l'éditeur ?

— Tu vas d'abord le laisser parler, l'écouter attentivement.

— Mais il va me poser des questions.

— S'il te pose des questions sur ton style, tu dis

que tu as écrit ce texte rapidement, que tu as trouvé la voix du personnage dès le premier chapitre. S'il te demande de faire des corrections, prends des notes et dis-lui que tu vas y réfléchir.

— Je préfère pas noter…

— Note dans ta tête pour me le répéter, alors.

Bon sang… si ça se trouve, il sait à peine écrire.

— Et s'il me demande quels livres j'ai lus ?

— Regarde comment font les hommes politiques : quand on leur pose une question qui les dérange, ils esquivent, ou ils répondent par une autre question. Tu mates des séries ?

— Ouais.

— Lesquelles ?

— *Game of Thrones*, *Banshee*, *Prison Break*…

— S'il t'interroge sur tes influences, tu pourras citer quelques séries… Regarde *Breaking Bad*, ça va te plaire. Et il faut que tu lises ce roman.

— *La vie devant soi*… Ça raconte quoi ?

— C'est un livre magnifique. On en reparlera avant le rendez-vous.

— Mais c'est dans trois jours !

— Ça se lit très vite. Vous allez discuter du contrat, aussi.

— Faut que je le signe ?

— Surtout pas tout de suite. S'il te le donne, tu me le rapportes. Il ne faut rien conclure de définitif lors du rendez-vous. Il va te proposer un à-valoir pas terrible. Tu fais une petite moue, tu répètes que tu vas réfléchir... Je prendrai le relais par mail. Sois le plus énigmatique possible. Souris – un peu mais pas trop.

— Comme ça ?

— Non... t'as l'air constipé, là. Essaie d'être naturel.

— Faudrait savoir... Faut que j'aie l'air mystérieux, ou naturel ?

— Les deux. Je t'ai préparé une petite biographie : tu es né à Mexico, tu n'as aucun souvenir de tes parents, ils sont morts dans un accident de voiture quand tu avais un an. Tu as de la famille au Mexique mais tu as été élevé par ta tante, qui vivait en France, en banlieue. T'es né où, toi ?

— À Évry.

— Évry, parfait ! Tu as grandi en banlieue parisienne, à Évry.

— Ça, je connais...

— Au fait... Andrés Mora c'était un joueur de baseball mexicain – il est mort il y a quelques années.

— T'as choisi un mec mort, comme pseudo ? C'est glauque.

— C'était un champion.

— Eh regarde : j'ai acheté une perruque... Elle me va bien, non ?

— Mouais... pas mal... On avait dit qu'on la choisirait ensemble...

— Moi j'aime bien celle-là.

— OK… sinon, pour le rendez-vous avec l'éditeur : t'habille pas trop sexy… Ce pantalon, il te moule les couilles, c'est indécent.

— T'aimes pas ?

— Si… mais pas pour le rendez-vous.

— Putain tu me stresses.

— Si tu es en grande difficulté, tu écourtes et tu t'éclipses. Mais t'inquiète pas… ça va bien se passer. Et n'oublie pas que tu t'appelles Andrés Mora. Pas Antoine Martin.

— Andrés Mora… faut que je m'habitue. Eh ! C'est les mêmes initiales.

— Ah c'est marrant… Ben tu vois : c'est un signe.

Contrairement à Paul Pavlowitch, Antoine n'est pas – mais alors pas du tout – un littéraire. Un bon casting pour le visage – et le corps, hautement désirable – d'Andrés Mora. Il a zoné un peu en fac de langues et vit de petits boulots. Le dernier en date : vendeur, quatre jours par semaine, dans un magasin de fringues. Est-ce qu'il sera crédible, dans le rôle de l'auteur ? C'est chaud. Je prends le risque.

Moins on le verra, mieux ce sera. Une image glamour et fugitive.

Impossible, en tout cas, qu'il ait des ambitions d'écrivain : il n'en a tout simplement pas les moyens.

— Alors, ça s'est passé comment ?

— Bien… Non, franchement ça va… Je m'attendais à pire.

— Il t'a dit quoi, Louis Maurier ?

— Il m'a fait plein de compliments sur le roman, il m'a dit que je pouvais être fier d'être publié chez Maurier… qu'il y avait pas de meilleur endroit pour commencer une carrière d'écrivain.

— C'est vrai.

— Et il m'a prévenu : y a pas d'avaloir.

— Comment ça, pas d'à-valoir ?! C'est scandaleux !

— Je sais pas, moi… J'ai fait comme tu m'avais dit : j'ai pas trop parlé. Il m'a expliqué que pour les premiers romans, ils ne versaient pas d'avaloir mais que les pourcentages étaient de 10 %.

— Les enfoirés ! Ça va être compliqué d'exiger une avance, maintenant. Mais vaut mieux s'écraser. Un auteur débutant est tellement heureux d'être publié qu'il accepte de se faire entuber avec le sourire.

— C'est quoi cette histoire de pourcentage ? Tu m'en avais pas parlé.

— L'auteur touche, en moyenne, 10 % sur les ventes… 10 % sur le prix du livre. Hors taxe.

— Et tu vas me donner combien, sur les 10 % ?

— Eh ben… t'as le sens des affaires, toi. Je sais pas, moi… 3 %.

— 3 % ? C'est que dalle !

— Tu rigoles… C'est énorme. Tu sais combien touche un traducteur ?

— Nan.

— 1 % !

— Ben faut être con, pour faire traducteur. C'est la grosse arnaque.

— 3 % c'est cadeau, pour faire un peu de figuration. C'est pas toi qui as sué sur le texte. Tu me dépouilles, là…

— Ça va… OK pour 3 % ! Et sinon, Louis Machin… il m'a demandé plusieurs fois si c'était mon premier roman.

— T'as dit oui, j'espère ?

— Ouais. Il insistait, il voulait savoir si j'avais publié un autre roman ailleurs. J'ai dit non.

— Très bien.

— Et il m'a demandé mon adresse, pour m'envoyer le contrat.

— Et tu lui as donné la tienne ?

— Ben oui…

— Bon… Tu mettras le nom « Andrés Mora » sur ta boîte aux lettres, et tu me transmettras tous les courriers.

— OK.

— Et il était sympa, Maurier ?

— Ouais, très gentil. Il avait l'air content de me rencontrer.

— Tu m'étonnes… Tu lui as dit que t'étais né à Mexico ?

— Non, il m'a presque rien demandé sur ma vie. Juste mon âge. Il m'a surtout parlé de lui… des éditions Maurier. Il m'a dit qu'il publiait des grands auteurs, il m'a donné des livres. Faut que je les lise ?

— Ce serait bien. Au moins un ou deux.

— Il s'est pas méfié… enfin je crois pas.

— Tant mieux. Allez… tchin. À Andrés Mora.

— À Andrés Mora. Tchin. Ah… et au fait, le livre, il sortira fin août. Il le veut pour la rentrée littéraire.

— Fin août ? C'est short !

— Il veut rien changer au texte. Il est parfait comme ça, « il faut préserver son énergie brute » : c'est ce qu'il a dit. Il va juste faire relire par une relectrice.

— Une correctrice.

— Ouais, c'est ça. Une correctrice.

Rien à retravailler. Sur un premier roman. C'est rare. Limite louche. Il devrait se poser des questions, Louis Maurier. Même pas. Il jubile. Trop jouasse de voir débarquer un homme jeune et attirant, plein d'énergie et de fraîcheur, vierge de toute publication. Un primo-romancier, ô combien prometteur. Un auteur tout neuf, bourré de talent et d'audace, qui a la vie devant lui.

Un rêve d'éditeur.

J'ai reçu un avis de la poste.

Suis allé chercher mon colis et suis rentré précipitamment, ai lacéré le scotch avec un cutter, ouvert le carton, déballé l'objet enveloppé dans du bull-pack. Avec fébrilité. Le Smith & Wesson calibre 38. Et les balles. Je ne l'ai pas chargé. Pas aujourd'hui. Mes mains tremblaient trop.

Il en faudra, de l'entraînement. Et beaucoup plus d'assurance et de détermination. Du courage, quoi. Pour appuyer sur la détente.

— Alors, t'en es où, avec ton histoire de pseudo ?

— Mon roman est vendu.

— Bravo ! À qui ?

— Maurier.

— MAURIER ! Viens là que je t'embrasse. Maurier ! Je suis fière de toi.

Delphine me prend dans ses bras. J'enfouis mon visage dans ses cheveux. Elle sent bon. Ce parfum, elle le porte depuis des années. Un parfum rare – je ne l'ai senti que sur une autre femme, croisée lors d'une soirée, ça m'avait troublé.

— Et comment tu te débrouilles, avec Maurier ? elle demande.

— J'ai trouvé quelqu'un pour jouer le rôle d'Andrés Mora.

— Qui ?

— Un type qui a le physique de l'emploi.

— Et tu le connais d'où, ce type ?

— Je l'ai croisé à un dîner, chez Hervé.

— Il fait quoi ?

— Pas grand-chose, en fait… Des petits boulots… Il est jeune, brun, je pense qu'il fera l'affaire.

— Tu le connais bien ? C'est quelqu'un de fiable ?

— Je crois… J'espère…

Delphine ne répond rien. Elle fronce les sourcils. Je la rassure… je me justifie…

— Fallait que je trouve quelqu'un. J'ai tout de suite pensé à lui. Je voyais personne d'autre, et je devais répondre à Maurier, vite…

— Bon… Fais gaffe, quand même.

— T'inquiète pas. Je gère.

Delphine sourit.

— J'aimerais qu'on fête ça tous les deux, je dis.

— Très bonne idée.

— Quand ? Ce soir ?

— Ah… ce soir je peux pas. Je vais finir tard. La semaine prochaine ? Mardi ?

Vie et mort d'Andrés Mora

Je vais peut-être pas l'intituler comme ça, ma lettre d'aveux posthumes.

Andrés Mora, c'est moi : Benoît Cardan.

Benoît Cardan, l'auteur, était mort avant que je mette fin à mes jours. Alors, comme d'autres avant moi, j'ai succombé à la tentation de renaître sous une autre identité, d'enfiler une peau neuve, de m'accorder une nouvelle chance, qu'on aurait refusée à l'écrivain que j'étais.

Faut être sobre, factuel.

Une lettre manuscrite, datée et signée, rangée dans le tiroir de la commode de notre chambre. Le jour de mon… happening… je laisserai un mot d'instructions dans lequel j'indiquerai l'endroit où se trouve la lettre, à rendre publique six mois après ma mort.

Six mois, pas moins, pour laisser le temps au jeune et prometteur Andrés Mora de s'épanouir, de séduire et de convaincre les journalistes littéraires et les lecteurs.

Six mois, pas plus, pour ne pas laisser le temps à Antoine Martin d'usurper l'identité d'Andrés Mora – des fois que ce petit branleur se prendrait au jeu…

Six mois après le jour de mon happening macabre, qui aura lieu le 27 août, date de la sortie en librairie de *Chapitre dernier.* Soit dans trois mois et vingt-deux jours.

Le compte à rebours a commencé.

Sinistre journée, marquée par les obsèques de Sylvie, la femme de mon pote Hervé. Il n'y avait pas foule, ce qui ajoutait encore de la tristesse au chagrin. J'avoue moi-même – et n'en suis pas fier – avoir songé à trouver une excuse bidon pour me dédire. Que ceux qui aiment les enterrements, les crémations et les couronnes de glaïeuls lèvent le doigt et jettent la première pierre aux absents. J'avais hâte que ça se termine, tout en étant soulagé d'être présent, d'avoir réussi à surmonter ma trouille. Ça ne se raisonne pas, la peur du malheur. Lâchement, stupidement, on craint d'être contaminé, de choper un spleen plus foudroyant qu'une méningite.

Bertrand et Pierre n'étaient pas venus, eux. Corinne non plus. Ceux qui sèchent les enterrements des amis n'ont pas conscience du terrible supplément de souffrance qu'ils infligent. Les noms des amis absents seront gravés sur les bancs vides de la chapelle.

J'avais hâte que ça se termine et j'étais pas fier – failli pas venir… arrivé presque en retard. Plus de vingt ans que je le connais, Hervé… Je l'ai serré dans mes bras. J'avais hâte que ça se termine mais j'étais là, aux côtés des rares amis et de la famille : beaucoup de personnes (très) âgées. Les parents d'Hervé et ceux de Sylvie – sa mère en fauteuil roulant et son père chancelant sur une canne. J'ai pensé à mon père. Quel triste tableau, que celui des octogénaires en train d'enterrer leurs cinquantenaires.

Debout, au premier rang, Hervé et ses deux enfants, Emma et Lucas, très pâles, très dignes, très beaux. En les regardant j'ai senti une pointe au cœur, un coup de dague sous le téton gauche. Tu vas canner d'un arrêt cardiaque, en plein hommage funèbre, j'ai pensé. Bientôt, au même endroit : ta femme et ta fille.

J'avais hâte que ça se termine. Je suis rentré chez moi et j'ai bu du whisky au goulot avant de m'écrouler sur le canapé du salon.

Je me suis réveillé en pleurant.

— Allô Benoît ? C'est toi qui viens d'appeler ?

— Non, c'est pas moi... Tu vas bien, papa ?

— Boh... pas terrible. On s'emmerde, ici. C'est toujours pareil. Leurs animations pour débiles, ça me fait chier... Enfin... j'ai gagné, au Scrabble.

— Bravo ! Ça m'étonne pas, t'as l'esprit vif.

— Oui, mais alors le reste... j'ai mal à la hanche, je vais voir le rhumatologue. Je prends du Doliprane.

— Ça te soulage ?

— Pas vraiment. Et toi, ça va ? Et Anna ?

— Bien, très bien.

— Bon. Tant mieux. Elle a un nouveau copain ?

— Non... pas que je sache.

— Elle va trouver le garçon qu'elle mérite. Tu viens ce week-end ?

— Euh... ah, oui...

Merde. J'avais oublié.

— Bon… Je me réjouis de te voir. Et Anna, elle vient aussi ?

— Anna aurait aimé venir mais elle doit réviser, elle est très en retard sur plusieurs matières.

— Dommage… Et Delphine ?

— Delphine est en province pour le boulot.

— Elle voyage beaucoup, Delphine. Bon… à samedi.

— Dimanche… c'est dimanche que je viens. Avec Catherine.

— Ah ? D'accord, à dimanche alors.

Maurier est pressé, très pressé, de signer : Antoine m'a appelé, il a déjà reçu le contrat. Je débarque chez lui – dans le XXe arrondissement, un petit studio mansardé d'à peine 20 mètres carrés, au cinquième étage sans ascenseur. Faut que j'arrête de cloper, j'ai le palpitant qui cavale à 120… je fais une courte pause avant de sonner, pour reprendre mon souffle. Antoine ouvre la porte et m'invite à entrer.

— Tu veux un café ?

Il porte un jogging noir, taille (très) basse car un peu trop grand, informe et délavé. Et sexy – parce que c'est lui, parce qu'il est torse nu. Sa peau lisse (zéro poil), mate et veloutée, prend très bien la lumière.

Je lis le contrat en buvant mon café.

— C'est écrit où, les 10 % ? me demande Antoine.

— Regarde : ici.

— Putain… je sais pas comment tu fais pour comprendre ce charabia. Sans déconner, c'est du chinois !

— Rassure-toi : c'est du chinois pour moi aussi.

— Tu comprends rien et tu signes quand même ?

— Je comprends l'essentiel. Je comprends surtout que je me fais baiser dans les grandes largeurs… mais c'est comme ça.

— C'est toi qui as écrit le roman, tout seul, et tu touches que 10 % ? Il prend tout le reste, l'éditeur ?

— L'éditeur, et aussi le distributeur, le libraire, l'imprimeur…

— Ah ouais ? Écrivain, ça fait rêver mais c'est plutôt merdique, finalement.

— Tu piges vite, toi…

— C'est toi qui signes, ou c'est moi ?

— C'est moi qui ai écrit, c'est moi qui vais signer. File-moi une feuille blanche, que je m'entraîne un peu… Qu'est-ce que tu penses de celle-là ?

— C'est illisible… mais ouais.

Antoine s'exerce à imiter ma nouvelle signature, celle d'Andrés Mora, sur la feuille de brouillon. Plusieurs fois.

— Ça va… c'est facile… j'y arrive bien.

Je lui prends la feuille des mains.

— Tu me transmettras tous les documents, de toute façon. Allez hop, je signe. Voilà !

— Et maintenant ?

— Je vais poster les contrats signés et l'éditeur te renverra l'exemplaire signé de sa main. Tu me le donneras.

— Et mes 3 %, ce sera écrit où ?

— Tu perds pas le nord… Ma parole ne te suffit pas ?

— Euh… Si… mais je te connais pas très bien.

— Tu me fais pas confiance ?

— Si. Et toi, tu me fais confiance ?

— Oui. Mais t'as raison : il faut mettre ça par écrit. Je vais rédiger une petite bafouille qui nous engage tous les deux.

— Une bafouille ?

— Une lettre, en deux exemplaires, qui sera signée par nous deux. Je te l'apporte la prochaine fois qu'on se voit. Allez… on va fêter ça.

Je sors une bouteille de champagne de mon sac à dos.

Antoine fouille dans les placards de sa cuisine et en sort deux mugs.

— Désolé… y a plus de verres propres.

En effet, la vaisselle sale s'entasse partout autour de l'évier. C'est crade, ici – à son âge, j'étais pareil. Moi aussi je laissais traîner des fringues par terre et du bordel partout. Mais chez moi, il y avait des livres…

Je fais sauter le bouchon et remplis les mugs.

— Tchin. À Andrés Mora.

— À Andrés Mora !

On trinque, on boit, on rit et on baise. Je me sens jeune et plein d'audace. Plein de sève et d'avenir. Je me sens vivant, à nouveau.

Aujourd'hui, visite au Château des croulants, inévitable et obligatoire – j'ai déjà reporté à plusieurs reprises.

Chaque jour qui passe, je m'éloigne un peu plus de mon père. Je suis sur messagerie. Je me désiste, je me débine en douce, je prends la tangente, je me carapate comme un foireux… Est-ce que j'ai mauvaise conscience ? Est-ce que j'ai honte ? Je sais pas si j'ai honte, je ne me pose même plus la question. Y aller, c'est tout simplement au-dessus de mes forces : je ne suis pas quelqu'un de fort, ça se vérifie. Déjà l'hôpital, ça m'oppresse. Mais le Château des croulants, ça m'aspire la moelle, ça m'avale tout cru, ça me déshydrate, me déshumanise, me dessèche le cœur. À l'hôpital on soigne, on perfuse, on opère, on charcute ; le patient souffre, il guérit ou il meurt mais, quoi qu'il arrive, il en sort, et vite. Au Château des croulants, on met les vieux en couveuse, on allonge leur durée de survie, au-delà de toute espérance. On les prolonge à perpète, tant et plus, tant et si bien qu'ils en perdent la force de mourir. On tisse une toile, on les momifie dans un cocon, on les économise un max, on étire le temps à l'infini. Chaque jour que Dieu fait, on siphonne les comptes en banque des pensionnaires et de leurs familles, on fait chauffer la carte Vitale – kiné, soins médicaux et infirmiers à gogo, pourquoi se priver c'est à 100 % ! Tout ça avec grand professionnalisme et courtoise politesse – au Château des cygnes, on ne maltraite pas les vieux.

Et moi j'ai du mal, de plus en plus de mal, à respirer cet air fétide de mort différée, sur liste d'attente. Je vais me faire aider, par un gros joint. Ça fait un bail que j'ai pas roulé un trois feuilles, j'ai perdu la main. Bien tassé, beaucoup d'herbe, pas trop de tabac. Je le fume vite, inspirant des grosses taffes, sans prendre de plaisir, ça me brûle le gosier. On sonne à la porte : Catherine.

— Ça sent la beuh. T'as fumé ?

— Juste un petit stick…

— Tu fumes souvent ?

— Non… très rarement. Je t'en propose pas : c'est toi qui conduis.

— Je touche plus à ça, moi. Bon, on y go ?

— Allez…

Catherine roule lentement, la circulation est dense, j'ai soif mais j'ai pas d'eau.

— … blablabla… blablabla… et il sort quand ?

— Qui ? Papa ? Ben, jamais… ou les pieds devant. C'est toi-même qui le dis, non ?

— Ton roman : il sort quand ?

— Fin août.

— C'est quoi le titre ?

— *Chapitre dernier.*

— C'est pas super gai…

J'éclate de rire.

— T'as raison putain, *Chapitre dernier…* c'est sinistre.

Catherine se marre.

— *Chapitre dernier…* c'est de la merde, je dis et Catherine se marre encore plus, et moi aussi.

Et on se paie un gros, un énorme fou rire, tellement que j'en ai mal aux côtes ; ça me tiraille les zygomatiques – la bonne beuh, ça fait mal aux zygomatiques. Toujours.

Nous voilà arrivés à destination. Je descends du break et tape le code d'entrée… ah… c'est quoi le code, déjà ?… 18B50 ? Non. 15B80 ? Non plus. Me rappelle pas.

— 78A05, me crie Catherine.

La grille du Château s'ouvre. Catherine se gare dans la cour. Elle tape le deuxième code – je l'ai oublié aussi – et on entre dans le bâtiment. Cette odeur…

pire que d'habitude, aujourd'hui… ça me prend à la gorge. Sèche, la gorge. Soif, très soif.

Un pensionnaire stationne dans le hall d'entrée. Agrippé à sa canne. Il me regarde, je le regarde, on se regarde. Il a encore l'œil vif, celui-là… l'œil bleu, et perçant. On en croise un autre dans le couloir, courbé sur son déambulateur. Il me regarde – mais qu'est-ce qu'ils ont, à me regarder comme ça ? Tiens… l'a les yeux bleus, lui aussi. On appelle l'ascenseur qui parle, les portes s'ouvrent : trois femmes à l'intérieur de la cabine, devant le miroir ; elles restent dans l'ascenseur, me regardent, avec leurs yeux moqueurs – je rêve pas, ils sont moqueurs, leurs yeux. « Qu'est-ce que tu crois ? Toi aussi… un jour… plus proche que tu ne l'imagines… » Voilà ce que je lis dans leurs yeux ironiques… bleus, putain… Bleus aussi, les yeux des trois vieilles ! Et ceux du cadavre ambulant – 38 kilos, guère plus – croisé en sortant de l'ascenseur : pareillement bleus, ses yeux ! Des marcheurs blancs. Tous, sont des marcheurs blancs ! Vont me zombifier, je vais devenir un des leurs, rien qu'en croisant leurs regards. Non ! Faut éviter, à tout prix, de plonger dans leurs yeux bleus. Regarder ses pompes, regarder le plafond, n'importe quoi mais pas leurs yeux mouillés pleins de détresse sarcastique. Danger ! L'armée des marcheurs blancs et gris. De plus en plus nombreux. Indestructibles. Ils résistent à tout. Ils seront les seuls à survivre à l'apocalypse climatique. Ils se préparent à envahir la planète. Les marcheurs blancs en déambulateur. Danger, DANGER !

Putain qu'est-ce que j'ai soif…

Les épreuves non corrigées de *Lui, mon autre* ont été envoyées aux journalistes.

On a fêté le bac d'Anna – mention assez bien, comme son père. Elle l'a, c'est tout ce qui compte.

Ensuite, vacances en famille, douces et mélancoliques. Promenades sur les sentiers des douaniers, bains d'eau glacée, poissons et crustacés. Beaucoup de vin blanc. Puis un peu de campagne, chez les parents de Delphine. Je m'y emmerde très vite, à la campagne. Trop d'insectes, trop de veaux, vaches, cochons. Ça manque de mouettes, d'embruns, d'horizons. J'ai fait des balades en solitaire, à la recherche de clairières et de sous-bois isolés, pour m'entraîner, en cachette, à manipuler mon Smith & Wesson. J'ai tiré sur des troncs d'arbre – quel boucan dans ce silence vert. Ça m'a surpris, le recul du corps, la première fois que j'ai tiré sur le tronc d'un chêne. Je ne me suis pas senti puissant. Jambes en coton et front couvert de sueur. C’est pas mon truc, les armes. Non. Je ne me suis pas senti puissant. Pas le moins du monde.

Dans moins d'un mois
C'est contre toi que tu retourneras ce flingue
T'es prêt
Ou pas

Lui, mon autre est déjà visible sur les réseaux sociaux, présenté par des libraires et des blogueurs – dont un, très influent – comme « le premier roman, prometteur, d'un jeune et fougueux électron libre ».

J'ai reçu – pardon, Andrés Mora a reçu – un mail de Maurier. Il veut faire des photos, et une courte interview filmée qu'il diffusera sur son site Internet et sur les réseaux sociaux. C'est bon signe. Il croit au roman et veut le mettre en avant. Très bon signe.

Mais ça va un peu vite.

Faut que je lui réponde, à Maurier…

De : Andrés Mora
À : Louis Maurier

Cher Louis,

Merci pour ce mot.
Je suis désolé de ne pouvoir faire cette interview : malheureusement, je suis reparti au Mexique pour régler des affaires familiales urgentes – de ce côté-là, c'est compliqué en ce moment.
Je vous enverrai une photo dès que possible, et vous ferai signe lorsque je serai rentré en France.
Amicalement,

Andrés Mora

J'ai moins envie de me suicider, là.

Quand on y est, au bord du précipice, ça ne rigole plus.

Gros vertige.

Faut une sacrée paire de cojones pour faire le grand saut.

Y a pas le feu.

On verra ça dans quelques années.

Quand je n'aurai plus la trique.

Ce qui est loin d'être le cas aujourd'hui.

J'attends Antoine ; lui ai donné rendez-vous dans un parc parisien – on ne pouvait pas faire les photos chez moi, ni chez lui. J'allume ma troisième clope. Ce branleur est encore à la bourre.

Le voilà qui se pointe au loin. Pas stressé, le gars. Je l'observe. Sa démarche nonchalante, rythmée – il écoute de la zique de merde dans son gros casque Beats. Lui, ne m'a pas encore vu. Il me cherche du regard. J'essaie de déchiffrer une expression sur son visage lisse : pas de fébrilité, aucune impatience. Une tranquille indifférence, plutôt. Ça me vexe, un peu. Enfin il m'aperçoit, me fait un petit signe de la main.

— T'as apporté la perruque ? je lui demande.

— Of course.

Il la sort de son sac à dos, rassemble ses cheveux, baisse la tête et met la perruque.

— On dirait que t'as fait ça toute ta vie, je lui dis.

— T'as vu ça ? J'ai pris le coup de main.

Je le regarde et je ne reconnais pas Antoine. Ça lui va très bien, les cheveux sombres, d'un brun presque noir, assez longs, ce qui accentue son petit côté androgyne et met en valeur ses sourcils noirs, fournis juste ce qu'il faut, bien dessinés. Sa bouche est charnue sans être épaisse, son nez un peu long. Une lueur à la fois ingénue et insolente dans les yeux. Un visage à la frontière de l'adolescence, de l'innocence, de la féminité. Un visage troublant, que celui d'Andrés Mora.

— Assieds-toi sur le banc, je vais faire quelques portraits, et des plans plus larges…

Il prend la pose.

— Essaie d'oublier ma présence, je lui dis.

— Comme ça ?

— Pas trop avachi, quand même. Ouais… c'est mieux.

Très vite, il se montre plus à l'aise.

J'ai fait une cinquantaine de clichés, ai promis de lui envoyer une sélection pour qu'on choisisse ensemble la photo que j'enverrai à Maurier.

Après la séance, je serais bien passé chez lui mais il avait un rendez-vous chez le dentiste et je suis rentré chez moi, la bite sous le bras.

— Vous vous foutez de ma gueule ?

— Pas le moins du monde.

— Vous n'êtes pas mort, là.

— De toute évidence, non, je ne suis pas mort.

— On avait un deal.

— Oui… mais j'ai changé d'avis.

— Vous ne manquez pas d'air !

— C'est vrai.

— Vous m'aviez donné votre parole.

— Boh vous savez… la parole d'un écrivain, ça vaut pas grand-chose.

— Et pourquoi… qu'est-ce qui vous a fait changer d'avis ?

— La sodomie.

— Hein ?!

— J'ai découvert la sodomie et depuis, je n'ai plus envie de mourir.

— Vous êtes… je ne trouve pas de mots. Et… votre cancer ?

— En rémission.

— Vous n'avez pas de cancer, n'est-ce pas ?

— Au revoir, mon cher. Je ferai de mon mieux pour assurer la promotion de notre livre.

— Espèce d'escroc… vous ne vous en sortirez pas comme ça.

Autrefois j'allais, incognito, zoner dans les librairies quelques jours après la sortie de mon livre pour vérifier qu'il était là, en bonne place et pile épaisse, avec (parfois), cerise sur le gâteau, un petit mot élogieux du libraire apposé sur la couverture.

Tous les jeunes auteurs font ça.

Moi j'ai arrêté. Y a longtemps que j'ai arrêté. D'être maso. De remuer le sabre dans la plaie. De souffrir pour rien. Ça me coupait les jambes, ça me tordait le bide, ça me démontait le moral, de revenir bredouille de ces humiliantes expéditions, un arrière-goût amer dans le fond du gosier. Pire, ça annihilait, durablement, ma volonté et mon désir d'écrire.

Mais aujourd'hui, alors que je flânais dans les rues, savourant la caresse du soleil tiède de septembre sur mon crâne d'œuf, je suis passé devant une grande et belle librairie et, sans le chercher, je l'ai vu. Je ne pouvais pas le louper, *Lui, mon autre*, trônant au beau milieu de la vitrine et arborant fièrement sur sa couverture blanche un Post-it jaune orné d'un mot rédigé par le libraire : *ATTENTION TALENT !*

Peu après, je reçois un mail de Maurier m'informant que le livre est en réimpression – la mise en place, très bonne, ayant écoulé la quasi-totalité du premier tirage.

À peine sorti, déjà réimprimé.

Maurier, optimiste et excité, me réclame ma photo – celle d'Andrés Mora – en urgence.

Quand serez-vous de retour à Paris ? me demande-t-il. *Nous avons plusieurs demandes d'interview.*

Réfléchis
Réfléchis bien
Gaffe au faux pas
Un faux pas et patatras
Alors fais gaffe
Inspire
Expire
Voilà
Prends le temps
Prends toujours le temps
De réfléchir

De : Andrés Mora
À : Louis Maurier

Cher Louis

Je suis heureux d'apprendre que mon roman est déjà en réimpression et ravi qu'il suscite l'intérêt des journalistes.
Je suis néanmoins plein d'appréhension quant à ces demandes d'interviews. Je serais bien ingrat de ne pas m'en réjouir, mais j'angoisse à l'idée d'être interrogé sur mon texte. C'est si difficile, pour un auteur qui parle de son travail, d'être convaincant… J'avoue aussi que je suis – et ça ne date pas d'hier – maladivement timide. Je crains fort que ces interviews nous desservent plus qu'autre chose.
De plus, je suis encore retenu au Mexique… hélas, ça ne s'arrange pas de ce côté-là.
Ci-joint une photo assez récente, j'espère qu'elle vous conviendra.

Je vous contacterai, sans faute, dès mon retour à Paris.
Bien amicalement,

Andrés Mora

De : Louis Maurier
À : Andrés Mora

Cher Andrés,

Je comprends très bien vos réticences et mieux : je les approuve.
Rassurez-vous, nous sommes là pour vous protéger d'une surexposition médiatique qui pourrait, en effet, se révéler contre-productive. Nous ferons un tri rigoureux parmi les sollicitations mais, dans le contexte actuel de surproduction de livres, nous ne pouvons pas nous permettre de tout refuser. Nous devons saisir les meilleures occasions de promouvoir votre roman, qui est déjà sur les rails du succès !
Nous avons reçu plusieurs invitations à participer à des salons, dont celui de Brignac – un rendez-vous incontournable de la rentrée littéraire –, qui aura lieu cette année du 18 au 20 octobre. Ce serait l'occasion

d'y rencontrer vos lecteurs, ainsi que quelques journalistes parmi les plus influents. Donnez-moi votre réponse rapidement – j'espère vivement que vous accepterez d'y participer.
J'espère aussi que vos problèmes familiaux se régleront au mieux et que vous pourrez enfin rentrer en France, et retrouver votre sérénité.
Dans l'attente de vous lire, cher Andrés, et avec mon amitié,

Louis Maurier

— Bravo, me dit Anna.

— Bravo pour quoi ?

— J'ai vu ton roman en vitrine, dans quatre librairies.

— Quel roman ?

— Ben ton roman d'Andrés Mora… *Lui, mon autre*.

Ça m'aurait étonné qu'elle parle de *Chapitre dernier*. Même en le cherchant, on ne le trouve pas. Ni en vitrine, ni sur les tables des libraires, ni dans les blogs… Il est nulle part.

En revanche, *Lui, mon autre* est partout. Déjà en sélection pour de nombreux prix littéraires, dont le Prix du roman Fnac. Il fait partie des « incontournables de la rentrée littéraire », des « dix romans qui comptent », de « ceux qu'il faut lire en toute priorité ». Maurier jubile. Il piaffe, il exulte.

Moi, je stresse.

— T'es content, non ? me demande Anna.

— Oui…

— Alors pourquoi tu tires cette gueule ?

— Maurier veut que j'accepte une invitation, au salon de Brignac.

— Tu vas répondre quoi ?

— Je sais pas… J'ai déjà refusé des demandes d'interview.

— Ah ah ! Ça se complique, ton histoire…

— Et ça te fait rire ?

— Bah… Tu t'y attendais, non ?

— Oui, je m'y attendais… mais quand on y est pour de vrai…

— T'as réussi ce que tu voulais ! Alors fais pas chier avec tes petits états d'âme.

— Oh ! Baisse d'un ton s'il te plaît.

— Non mais tu m'énerves. T'es jamais content. T'as vendu ton roman au meilleur éditeur et on le voit partout. Assume, maintenant.

— Je suis content ! Mais ça m'empêche pas d'avoir peur.

— C'est normal, d'avoir peur. Moi aussi j'ai peur.

— T'as peur de quoi ?

— De rater ma vie.

— Viens là, que je te fasse un câlin.

Anna s'approche, je la prends dans mes bras.

— Tu rateras pas ta vie. Jamais.

— Tu crois ?… Mais je sais pas ce que je veux faire.

— C'est normal, à dix-huit ans.

— Et si je m'emmerde, en fac ?

— On y réfléchira ensemble et tu changeras d'orientation.

— Ça m'angoisse, de devoir choisir. J'ai *aucune* idée de ce que je veux devenir.

— Tu trouveras ta voie. Je suis confiant, très confiant.

— Pourquoi ?

— Parce que c'est toi la plus intelligente de la famille. Tu m'impressionnes.

— Ah bon ?

— Oui. Tu es forte et avisée. Tu vois tout. J'ai confiance en toi, en ton jugement. Tu es ma lumière. Je suis sincère.

— T'es gentil. Tu me rassures… un peu. Qu'est-ce que tu vas répondre alors, pour l'invitation ?

— Tu me conseilles quoi ?

— Ton gars, là… comment il s'appelle, déjà ?

— Antoine.

— Ouais, Antoine. Il peut pas y aller ?

— C'est risqué. J'ai peur qu'il ne soit pas crédible, qu'il dise des conneries… je pensais pas le faire entrer en scène si tôt. Faut que je sois prudent.

— Parce que c'était prudent, de balancer ton texte sous pseudo et de demander à un mec de jouer le rôle de l'auteur ?

— Pas vraiment.

— Et tu le connais bien, ce Antoine ?

— Pas tant que ça.

— Tu trouves ça prudent de l'avoir embarqué là-dedans ?

— Non.

— Alors continue à être imprudent. T'as pas le choix. Si t'es trop prudent, les gens vont flairer l'arnaque et tu vas te planter.

— Tu accepterais l'invitation du salon de Brignac ?

— Ouais. Faut bien qu'il se montre un peu, ton Andrés Mora.

Rendez-vous avec Antoine en terrasse, dans son quartier. Le ciel est légèrement voilé. Le soleil est déjà plus bas, les jours plus courts, la lumière plus douce. Je commande un demi de blanche. Lui, sirote un Perrier.

— Migraine ? je lui demande.

— Un peu, ouais… mais ça va mieux, déjà. Alors, qu'est-ce qu'il y a de si urgent ?

— Maurier veut que tu… qu'Andrés Mora participe à un salon du livre, à Brignac.

— Brignac ?

— C'est un salon prestigieux, qui aura lieu le week-end du 18 octobre. Faut que je réponde vite.

— Et je ferai quoi, moi, sur ce salon ?

— Tu dédicaceras des livres, tu rencontreras des journalistes, des lecteurs…

— Un week-end entier, je devrai jouer à l'auteur ?

— Oui. Tu t'en sens capable ?

— Hummm…

— On va t'entraîner. Faudra pas être bavard. Rester énigmatique, légèrement distant. L'écrivain timide et introverti… tu vois ?

— Mouais…

— On va préparer ce que tu diras à propos du roman. On répétera ensemble. Tu vas t'entraîner à dédicacer, aussi – c'est vraiment pas le plus compliqué. Il y aura certainement des soirées, des repas. Essaie de t'éclipser le plus souvent possible, sans avoir l'air grossier. Il faut rester sur ce personnage d'artiste sauvage. Plus tu te feras rare et mystérieux, mieux ce sera. J'ai conscience que ça risque de ne pas être facile, dans une foire du livre, mais c'est gérable. La bonne nouvelle, c'est que j'ai réussi à me faire inviter sur ce salon par un pote libraire. J'y serai aussi.

— Bah c'est un peu risqué, ça, non ?… Faut pas qu'on nous voie ensemble.

— Exact… T'inquiète, je me ferai très discret. Mais je préfère être là pour te conseiller, en live. Si je suis à Paris et que ça se passe mal pour toi, j'en serai malade.

— Ça va se passer mal, tu crois ?

— Non, y a aucune raison. Il faut que ma présence te rassure. Sur place, je pourrai toujours t'aider. Tu m'enverras des SMS si tu te trouves en difficulté. Faudra qu'on soit zen, tous les deux. T'inquiète pas, on va tout répéter, on ne laissera rien au hasard. On a le temps de se préparer.

— Bon… D'accord, alors.

— Génial. Je vais répondre *oui* à Maurier. Note les dates dans ton agenda. Du 18 au 20 octobre.

— J'ai pas d'agenda.

— Je te ferai suivre toutes les infos transmises par Maurier. Tu seras certainement accompagné par l'attachée de presse de Maurier, elle s'appelle Cécile.

— Tu la connais ?

— On a échangé des mails – elle m'envoie les articles sur le roman. Fais gaffe de ne pas copiner trop vite. Il faudra garder des distances polies. Pas de confidences, surtout.

— Faudra que je dise rien ?

— Non, pas rien… Mais tu as le droit d'être timide et silencieux. Beaucoup d'auteurs le sont… Enfin, pas tant que ça, finalement. C'est vrai qu'y a des putains de bavards, aussi… qui s'écoutent parler pour ne rien dire.

— Je mettrai ma perruque. Je commence à m'y habituer.

— Ah ouais ? Tu la portes souvent ?

— Parfois je la mets, quand je suis seul chez moi. J'aime bien changer de tête.

— Tant mieux, si tu t'habitues… t'auras l'air plus naturel. Je vais préparer un tas de questions sur le roman, et des réponses. T'as une bonne mémoire ?

— Ouais, ça va…

— Faut qu'on se voie vite pour répéter. Chez toi. Vendredi, tu peux ?

— Non. Je bosse toute la journée.

— Samedi, alors ?

— Le samedi aussi je bosse. Lundi, si tu veux.

— OK. Lundi. Ça me laisse le temps de préparer…

Qu'est-ce qui vous a inspiré ce roman ?

Ce ton particulier, ça vous est venu comment ?

Lui, mon autre, c'est qui ?

Votre roman est autobiographique ?

Une fiction ?

Comment avez-vous construit votre texte ?

Qui êtes-vous, Andrés Mora ? Racontez-nous votre parcours.

Pourquoi écrivez-vous ?

Quelles sont vos influences ?

Quels auteurs, quelles lectures vous ont marqué ?

Vous lisez beaucoup ?

Avez-vous commencé un autre roman ?

Il faut aussi prévoir d'éventuelles questions embarrassantes ou agressives :

La littérature, pour vous c'est quoi ?

Vous considérez-vous comme un écrivain ?

Vous avez écrit ce texte seul ?

Avez-vous été aidé par quelqu'un ?

Je n'ai pas accroché avec votre livre, votre personnage sonne faux, vous avez voulu exprimer quoi, au juste ?

J'ai passé la journée à lister un tas de questions, à envisager toutes sortes de situations délicates, à peaufiner les réponses, concises, parfois évasives, pas de blabla, pas de confidences intimes, quelques références (littérature, cinéma, série et musique), crédibles dans la bouche d'un jeune auteur incarné par Antoine : pas très cultivé, donc – c'est un euphémisme.

Putain… ça va être chaud.

J'ai les jetons.

Et la gaule.

Sonnerie Harpe.

J'ignore l'appel, pour la troisième fois aujourd'hui.

Besoin de me détendre…

J'ai bien mérité une petite branlette.

Je suis mort.

Passé la journée à répéter le rôle d'Andrés Mora avec Antoine. Dur, très dur. Au début surtout. J'ai cru qu'il n'y arriverait jamais : à répondre aux questions, sobrement, avec naturel. Ça sonnait faux, quelque chose d'horrible. Je suis resté calme. On peut pas dire que j'ai pas été patient. Merde ! Mais c'était tellement laborieux. Me suis énervé… un peu. Je l'ai fait pleurer. J'avais honte, après. Je l'ai pris dans mes bras, je l'ai embrassé – bon Dieu ce mec me fait un effet… indescriptible. Je l'ai pris en levrette, il avait sa perruque, c'était pire que jamais. D'une intensité folle.

Ça nous a détendus tous les deux.

Après ça allait mieux. Il était moins crispé, plus naturel. Il comprenait mieux ce que je lui demandais. Il est pas si con…

On a examiné toutes ses fringues et choisi celles qui convenaient le mieux à la panoplie d'Andrés Mora et, pour le récompenser de ses efforts, on a fait un peu de shopping pour compléter sa garde-robe.

Je lui ai apporté une pile de livres, à lire en urgence. Il a grimacé mais il va le faire, j'ai confiance…

Si si, j'ai confiance.

Il va y arriver.

Rentré chez moi, j'ai regardé les vidéos faites avec mon iPhone, d'Antoine/Andrés répondant aux questions que je lui posais sur *Lui, mon autre*. Sur son parcours. Sur ses influences. Ses goûts. Ses ambitions et ses désirs.

Je l'ai trouvé pas mal, Antoine/Andrés, sur les vidéos.

Pas mal du tout.

Dingue, ce qu'il est photogénique, ce mec…

Sonnerie Harpe. Encore ! Il me poursuit, le vieux.

— Oui papa… Tu vas bien ?

— Pas terrible, non.

— Ah…

— Je peux plus supporter cette bouffe dégueulasse. Tu pourras faire quelques courses pour moi ?

— Euh…

— Je vais te faire une liste, tu as de quoi écrire ?

— Mais…

— Alors : du jambon cru – du parme, si possible. Du roquefort en barquette. Du beurre. Du saucisson…

— Mais papa, t'as pas le droit de conserver de la bouffe dans ta chambre !

— Si si, j'ai le droit, je me suis arrangé pour récupérer un frigo. Comme ça, vous pourrez m'apporter des choses. Les repas, ici, c'est de plus en plus ignoble. Ah les enflures, ils se font un paquet de pognon ! On paye très cher pour manger de la merde en branche ! C'est honteux. J'ai fait un scandale l'autre jour, ils étaient dans leurs petits souliers, tu peux me croire. J'ai poussé une gueulante en plein dîner. Les pensionnaires étaient d'accord avec moi, ça braillait dans tous les sens, un de ces chahuts ! Ça valait le coup. J'ai eu mon frigo, après ça.

— Ah ah, bravo !

— Bon… la liste. T'as noté ? Jambon de Parme, roquefort, saucisson ?

— Écoute papa… je ne sais pas quand je pourrai venir… Ce week-end, c'est compliqué. Le suivant, j'ai…

— Ça fait déjà trois fois que tu viens pas.

— Je suis désolé, j'ai beaucoup de travail.

— Toi, tu travailles ?

— Bien sûr que je travaille !

— Ouais ouais… Bon. Tu viendras plus, quoi…

— Mais si, papa. Arrête. Je suis invité au salon de Brignac, faut que je prépare ça.

— Préparer quoi ? Ta brosse à dents et ton pyjama ?

— Rohh… t'exagères.

— Je sais bien que c'est pénible, de venir ici. Je te comprends, va… Moi je voudrais me tirer d'ici, mais je peux pas. Je suis coincé là.

— …

— Faut un sacré courage, pour se suicider. C'est compliqué, de se suicider.

— …

— Bon… Je vais appeler ta sœur, pour la liste de courses.

— OK. Je t'embrasse, papa. Je t'aime.

— Moi aussi. Je t'embrasse, mon fils.

Le TGV est complet. Suis assis côté fenêtre. Un binoclard entre deux âges a pris place sur le siège voisin – son large cul et ses grosses cuisses empiètent sur mon espace passager. Il abaisse la tablette, sort un PC de son sac à dos et le pose dessus.

— Excusez-moi, dit-il en me frôlant pour brancher son chargeur sur la prise située à droite de mon siège.

Le câble pendouille sur mes genoux. Le type allume son ordinateur, ouvre un document – un tableau Excel – et commence à travailler. Sans gêne aucune, il squatte l'accoudoir. Le bruit de ses doigts boudinés martelant le clavier m'horripile. J'enfonce mes écouteurs dans mes oreilles. Tente de me détendre en écoutant Air. *Le soleil est près de moi*. Non, pas le soleil. La promiscuité avec mon encombrant voisin de siège me rend nerveux. Il a posé un sachet de M&M's sur sa tablette et pioche dedans, compulsivement. Malgré mes écouteurs, je l'entends croquer ses friandises. Je monte le volume à fond. Ferme les yeux. Ça va pas mieux. Je manque d'air. Faut que je bouge de là. Tout de suite.

— Excusez-moi, je lui dis en faisant mine de me lever.

En fronçant les sourcils, il débranche son câble, replie son ordinateur, relève la tablette et se lève lourdement pour me laisser passer.

En route pour la voiture-bar. Je compte les passagers qui lisent – un livre papier :

Dans la voiture 10 : 0

Voiture 11 : 1

Voiture 12 : 0

Voiture 13 : 1

Tous les autres sont scotchés sur leurs smartphones. Ou matent une série sur leur tablette. Ou pioncent, écouteurs dans les oreilles.

Au bar, je commande un café. Puis une bière.

Une deuxième.

Une troisième pour l'emporter.

Marre de rester debout.

Vais retourner m'asseoir à ma place.

Coincé à côté du gros type aux tableaux Excel.

Vaut mieux que je reste au bar.

J'aurais envie de verser le contenu de ma canette sur son clavier.

Désolé monsieur, je suis tellement maladroit !

À l'avenir, je choisirai systématiquement un siège

couloir. Pourtant je préférais les sièges fenêtre, autrefois. Je regardais défiler les vaches, les champs, les biches, les paysages givrés en hiver. Je rêvassais. Reprenais mon livre… Autrefois dans le train, je lisais. Autrefois il y avait des lecteurs, dans les trains, plein. Je ne sais pas pourquoi, je n'arrive plus à lire. Moi aussi, je tripote mon iPhone, j'écoute de la zique… je pense à Antoine.

Il a pris le train des auteurs. Avec l'attachée de presse de Maurier. J'espère que tout se passe bien – je l'ai bombardé de recommandations, tellement qu'il a fini par me dire :

— Arrête ! Tu me soûles, là…

— Excuse-moi, je lui ai répondu. T'inquiète pas, ça va bien se passer.

— C'est toi, qui t'inquiètes.

Exact. Je m'inquiète. Normal. Hâte d'être dimanche soir. Que le salon de Brignac soit derrière nous. Qu'Andrés Mora, après avoir fait trois petits tours de piste, retourne à son existence virtuelle. Trois petits tours et puis s'en va. J'ai hâte. Je croise les doigts.

Que la piaule soit petite et sombre, la moquette crade, le mobilier affreux et la salle de bains dans un placard, passe encore. *Le TGV en provenance de Paris Montparnasse et à destination de Toulouse va entrer en gare, voie A. Éloignez-vous de la bordure du quai s'il vous plaît*. Le pire, c'est d'être tellement près de la gare que j'ai l'impression de squatter sur un quai. Je vais m'acheter des boules Quies, sinon je ne dormirai pas.

Pas grave… Tu t'en fous, Benoît Cardan, d'être logé dans un hôtel pourri. T'es pas du genre auteur capricieux… Le confort, c'est secondaire… Non… franchement je m'en fous… enfin tout de même… jamais on ne m'a aussi mal reçu sur un salon…

Antoine, lui, est bien logé. C'est l'essentiel. Bel hôtel, bien situé, dans le centre-ville.

Voie B, le TER à destination de Pau va partir.

J'avale un sandwich dégoulinant de mayonnaise avant de me rendre au salon pour les dédicaces.

D'ici, à pinces, ça fait une trotte. Mon débat, prévu à 16 heures, a été annulé – l'auteur qui devait me donner la réplique est malade… mais c'est le débat d'Antoine qui m'importe. J'espère que tout se passera bien pour lui.

Je m'installe derrière mes piles de livres – enfin… ma pile de livres. Le libraire n'a commandé que *Chapitre dernier* – soi-disant, les autres titres seraient épuisés… j'étais pas au courant… c'est contrariant mais tant pis… Je vais pas me foutre la rate au court-bouillon. Zen, je suis. Et j'ai l'intention de le rester.

Chance : le stand du libraire qui accueille Andrés Mora est situé presque en face de moi. Je me cale sur ma chaise : un poste d'observation idéal.

Dédicacer. En toute franchise, j'ai horreur de ça. Ces auteurs alignés en brochette, on dirait qu'ils tapinent… Certains d'entre eux sont prêts à tout pour vendre leur came, ils haranguent le client comme des poissonniers… Pathétique. Heureusement, mon voisin – un jeune binoclard qui semble un peu perdu – est du genre discret.

Je guette l'arrivée d'Antoine… meurs d'envie de lui envoyer un SMS pour m'assurer que tout va bien. Pas maintenant. Ce serait imprudent.

Y a de l'agitation à l'entrée du salon. Serait-ce Andrés ? Non, pas lui… mais François Hollande. Entouré par son staff, il distribue sourires et poignées de main. L'ex-président va dédicacer, lui aussi, sur le même stand que moi, un peu plus loin… Tous ces abrutis qui se pressent pour acheter son livre… Hallucinant. Ça vous a pas suffi, cinq ans de marasme ? Non, ils en redemandent. Ils s'agglutinent, par grappes. François est très bavard… Il tchatche, plaisante, charme chaque personne avant de signer son livre. La file d'attente de ses lecteurs s'allonge tellement qu'elle arrive à notre niveau, puis enfle encore pour passer devant moi et mon voisin binoclard, rendant nos livres inaccessibles au public. Fuck ! À cause de cette farandole de connards, je n'ai plus aucune visibilité sur le stand d'Andrés. Je me lève et sors du stand. Ah ! Enfin j'aperçois Antoine, assis devant sa pile lui aussi, et déjà bien entouré. L'attachée de presse de Maurier lui parle en enlaçant son épaule. Antoine a l'air détendu, enjoué, à l'aise sous sa perruque. Tant mieux. Le libraire lui apporte un café et des friandises. J'observe la scène à la dérobée, en faisant mine de feuilleter le livre d'un auteur qui – comme la plupart d'entre nous – fait tapisserie et entreprend de me baratiner, dans l'espoir que j'achète son livre.

— C'est à la fois une épopée historique, un thriller, et une histoire d'amour. L'action se déroule à la veille de la Seconde Guerre mondiale, et les personnages… blablabla… blablablablablabla…

Il s'anime en débitant son pitch. Sa truffe devient rouge. Il suce pas que de la glace, celui-là… Je le regarde sans l'écouter, il me regarde aussi et soudain il se tait. Il a l'air las, presque essoufflé. Combien de fois aujourd'hui a-t-il débité son petit laïus sans vendre un seul livre ? Je sors un billet de 20 euros de ma poche et j'achète son bouquin. Ses yeux verts s'éclairent – ce type a dû être sacrément beau gosse, dans les années 70…

— C'est pour qui ? il me demande en dégainant son stylo plume.

— Pour moi : Benoît.

Sa main noueuse est hésitante et tremble légèrement en écrivant

Pour Benoît
Bonne lecture,
amicalement

Il signe, referme le livre et me le tend en souriant. Je le remercie, lui souhaite une bonne journée et me rapproche du stand d'Andrés. M'a-t-il aperçu ? Apparemment, non. Il est déjà au boulot, en train de dédicacer un livre à une jeune femme qui le dévore des yeux. Il lui dit quelque chose, la meuf rit et le quitte, à regret semble-t-il, alors qu'il commence à discuter avec le prochain client qui vient d'acheter *Lui, mon autre*.

Je suis fasciné.

Dans le rôle d'Andrés, Antoine est simplement parfait.

Je retourne m'asseoir devant mes livres. La queue de François Hollande s'est encore allongée. Une femme, qui attend son tour, enlève sa veste et tranquillement la pose sur mes livres avant de farfouiller dans son sac pour en sortir son porte-monnaie, sans un regard pour moi – je suis transparent, on dirait… Elle discute avec son mec pendant quelques minutes avant de ramasser sa pelure, toujours sans un regard pour ma pomme.

Je hais cette connasse mal élevée.
Je hais les dédicaces.
Je hais François Hollande.

L'après-midi se déroule très lentement, dans le brouhaha et l'indifférence. Je me lève fréquemment, pour aller fumer une clope, pisser, surveiller du coin de l'œil Antoine/Andrés qui, fort occupé, semble se débrouiller comme un chef. Il ne me voit pas – ou fait mine de ne pas me voir. Bien joué. C'est prudent, de sa part.

Peu avant 17 heures, je gagne la salle où aura lieu le débat animé par un journaliste littéraire réputé. Andrés doit y participer aux côtés de deux écrivains confirmés. Je m'installe au fond, près de la porte. Les écrivains et le journaliste se pointent et s'installent dans les fauteuils, autour d'une table sur laquelle sont posés bouteilles d'eau et micros. Andrés les rejoint – légèrement en retard – flanqué de son attachée de presse qui s'assoit au premier rang.

Le journaliste présente les deux écrivains confirmés, puis : « Andrés Mora, auteur d'un premier roman remarquable ». Je guette des signes de fébrilité chez Antoine… en fait c'est moi, qui tremble des genoux. J'ai du mal à suivre le débat. Les deux écrivains sont chiants, ils s'écoutent parler. Antoine, lui, est tout ouïe – du moins il a l'air. Le journaliste se tourne vers lui :

— Andrés Mora, vous débarquez en littérature avec un roman surprenant. Dans sa forme : vous avez un style déjà affirmé, une écriture rythmée, très orale. Cette écriture, c'est très travaillé, ou est-ce que c'est sorti de vous comme ça ?

Antoine marque un petit silence – je suis au bord du malaise – avant de répondre :

— Les deux… en fait. Je me suis glissé dans la peau de mon personnage, Paul, dès le premier chapitre. J'ai écrit le roman assez vite, ensuite j'ai beaucoup relu et retravaillé.

Il a bien appris sa leçon.

— Justement… ce Paul, qui est-ce ? Vous ? Un personnage imaginaire ?

— Franchement… je suis pas capable de vous répondre clairement. Y a un peu de moi, dans ce personnage, c'est sûr… Paul, c'est quelqu'un de paumé, il est un peu mytho… Il ment beaucoup, à lui-même et aux autres. Il sait pas vraiment qui il est, en fait… Il aimerait changer de peau, et d'histoire, mais c'est pas si simple…

— C'est un texte sur l'identité, alors ?

— Oui… c'est ça.

— Le désir de changer d'identité ?

— On a tous envie de changer d'identité, à un moment de notre vie.

— Et vous Andrés Mora, qui êtes-vous ?

— Un garçon banal… qui essaie de se faire remarquer.

— C'est réussi. Avec ce roman, vous sortez du lot.

— Merci.

Il s'en est bien sorti – je l'avais entraîné, mon petit poulain… Le journaliste se tourne vers l'un des écrivains et l'interroge sur son livre. Je regarde Antoine. Tellement plus sexy que les deux vieux scribouillards.

Tout baigne dans l'huile.

Antoine intervient encore brièvement à deux reprises. Le débat s'achève. Le journaliste remercie les trois auteurs qui le remercient en retour. Le public applaudit. L'attachée de presse de Maurier jubile.

Ouf. Soulagé, je suis.

Ouais. Carrément soulagé.

Et vaguement mal à l'aise.

Je mange seul – un kebab près de mon hôtel. Préfère éviter de croiser des vieilles connaissances susceptibles de me poser un tas de questions embarrassantes. J'ai rien à déclarer, moi.

Antoine, lui, dîne sûrement dans un bon resto, accompagné de l'inévitable attachée de presse de Maurier. Sans doute a-t-elle invité quelques journalistes qui comptent…

Je rentre à l'hôtel pour prendre une douche. Reste longtemps sous le jet d'eau brûlante, les yeux fermés. Mal aux cervicales. Ça irradie dans les mâchoires.

Détends-toi, maintenant.

Tout se passe bien.

Non ?

Si si.

Nickel.

Parfait.

Il est parfait, Antoine.

J'hésite à me vautrer sur le plumard, devant une série nase ou une chaîne d'info en continu. Vider le minibar…

Et si tu rentrais à Paris ? Tout de suite.

Je consulte l'appli SNCF… le dernier train part dans 12 minutes.

Non.

Trop tard.

Je reste, mais je vais pas moisir toute la soirée dans cette piaule sinistre. Envie d'une bière.

J'enfile mon blouson et je rejoins le centre-ville. J'entre dans un troquet. Au fond de la salle, je repère un petit groupe de têtes connues… merde… trop dangereux d'aller saluer cette bande de commères… Par chance ils ne m'ont pas vu et j'aperçois, accoudé au bar, l'auteur – le beau gosse des années 70 – à qui j'ai acheté un livre ce matin. Je m'approche.

— Je peux me joindre à vous ?

— Avec plaisir.

Je commande une bière et lui, un autre whisky. J'engage la conversation avec un joli mensonge.

— J'ai hâte de lire votre livre.

— J'espère qu'il vous plaira. Vous êtes auteur, vous aussi ?

— Oui.

— Ça s'est bien passé, vos dédicaces ?

— Merveilleusement. J'ai rien signé : trop près de François Hollande.

— Vous ne pouviez pas lutter… C'est terrible : tous les hommes politiques qui sont sur le banc de touche publient des livres… ça fait du monde, et ça prend de la place en librairie.

— J'arrive pas à comprendre pourquoi les gens achètent ces…

— Y a toujours eu des cons, sur terre. Vous reprenez un verre ?

— Volontiers. Un whisky, tiens…

Je passe un excellent moment avec mon nouveau pote : François, très cultivé, a beaucoup l'humour. Il a beaucoup voyagé et il aime beaucoup le whisky.

Et puis

brusquement

je décroche.

Il me file le bourdon, François. Avec son pif rouge, ses yeux tristes, légèrement injectés de sang et ses poils blancs qui sortent des oreilles.

J'arrive plus à l'écouter.

Je pense à Antoine.

Il est où, là ? Avec qui ? Qu'est-ce qu'il raconte ? J'espère qu'il n'ouvre pas trop sa grande gueule, qu'il ne boit pas trop, qu'il ne se confie pas trop…

Faut que je le voie, ne serait-ce que 5 minutes, pour m'assurer que tout va bien. Le recadrer si nécessaire.

Comme d'habitude, la soirée se terminera au

Colonel, la boîte de nuit locale où les invités du salon, tous bourrés, se retrouveront au bar ou sur la piste de danse, à se déhancher sur des tubes pourris des années 80. Antoine y sera. C'est sûr.

Un dernier whisky et je plante François.

En route pour le Colonel.

J'AI FAIT LA QUEUE POUR ENTRER – LA QUEUE POUR LE VESTIAIRE – LA QUEUE AU BAR – UN WHISKY S'IL VOUS PLAÎT – UN DOUBLE – JE VOIS PAS ANTOINE – BARQUES SUR LE NIL – JE CROISE UNE MEUF QUI ME CONNAÎT – C'EST QUI ? MERDE JE LA REMETS PAS – JE LUI SOURIS – ELLE ME PARLE – JE COMPRENDS RIEN – ALEXANDRIE ALEXANDRA – TROP FORT LEUR ZIQUE DE MERDE – JE ME FAUFILE DANS LA FOULE EN CHERCHANT ANTOINE – MAIS IL EST OÙ CE CON ? – BARRACUDA – AH ! JE LE VOIS – IL VIENT D'ARRIVER AVEC UN PETIT GROUPE : LOUIS MAURIER HIMSELF ! ENTOURÉ DE TROIS AUTEURS, DE L'ATTACHÉE DE PRESSE ET DE QUELQUES JOURNALISTES – ILS PRENNENT UNE TABLE – LES SIRÈNES DU PORT D'ALEXANDRIE – ON LEUR APPORTE DES

BOUTEILLES DE CHAMPAGNE – MAURIER SERT LE CHAMP – ANTOINE VIDE UNE COUPE ET UNE DEUXIÈME – IL PICOLE TROP – IL VA DIRE DES CONNERIES – JE LUI ENVOIE UN SMS – FAIS GAFFE BOIS PAS TROP ET PARLE PAS TROP – JE ME RAPPROCHE DU BAR – UN WHISKY S'IL VOUS PLAÎT – UN DOUBLE – ANTOINE SE LÈVE – IL VA DANSER – L'ATTACHÉE DE PRESSE LE REJOINT – IL L'ENLACE ET DANSE AVEC ELLE – ARRÊTE IMBÉCILE – FAUT PAS DRAGUER LE PERSONNEL DE SON ÉDITEUR – L'ATTACHÉE DE PRESSE DANSE MAINTENANT AVEC UN JOURNALISTE – UNE JEUNE MEUF CANON S'APPROCHE D'ANTOINE ET ILS COMMENCENT À DANSER ENSEMBLE EN DÉCONNANT – IL SE FROTTE À ELLE – JE RÊVE – CE PÉDÉ DRAGUE DES MEUFS MAINTENANT – TOUT LE MONDE LE MATE – IL DANSE BIEN FAUT DIRE – ENCORE UNE FILLE CANON QUI S'APPROCHE DE LUI – LAISSE TOMBER CONNASSE IL EST GAY – IL S'EXHIBE ET IL AIME ÇA – IL REJOINT LA TABLE ET RIGOLE AVEC MAURIER QUI LUI RESSERT UNE COUPE – ANTOINE LA VIDE CUL SEC – MERDE IL RESPECTE PAS LES CONSIGNES – JE LUI RENVOIE UN TEXTO – ÉCLIPSE-TOI MAINTENANT OU TU VAS FAIRE

DES CONNERIES – IL SORT SON IPHONE DE SA POCHE – IL LIT MON SMS ET IL RENGAINE SON IPHONE – SANS ME RÉPONDRE – IL CONTINUE À PICOLER ET À RIRE – ÇA ME REND FOU PUTAIN – UN DOUBLE WHISKY S'IL VOUS PLAÎT – CUL SEC MOI AUSSI – IL RETOURNE DANSER – ALORS JE ME POINTE SUR LA PISTE DE DANSE – JE ME COLLE À LUI ET JE GUEULE DANS SON OREILLE « MAINTENANT TU RENTRES À L'HÔTEL » – IL ME RÉPOND « ARRÊTE ON VA NOUS REPÉRER » – « JE M'EN FOUS TU RENTRES MAINTENANT OU JE VAIS PARLER À MAURIER » – « TU PUES LE WHISKY » IL ME DIT – « ON SE TIRE MAINTENANT OU JE VAIS PARLER À MAURIER » JE RÉPÈTE – IL QUITTE LA PISTE DE DANSE ET S'APPROCHE DE LA TABLE – IL PARLE À MAURIER ET À L'ATTACHÉE DE PRESSE QUI SE LÈVE – ANTOINE DISCUTE UN PEU AVEC ELLE ET LUI FAIT LA BISE – MAURIER SERRE ANTOINE DANS SES BRAS – ÇA ME BRÛLE L'ESTOMAC – ANTOINE LES ABANDONNE ET SE DIRIGE VERS LE VESTIAIRE – JE FENDS LA FOULE POUR LE SUIVRE – ANTOINE RÉCUPÈRE SON BLOUSON – MOI AUSSI – IL SORT DE LA BOÎTE DE NUIT – IL MARCHE VITE – JE LUI COURS APRÈS ET JE LE RATTRAPE

— TU DRAGUES DES MEUFS MAINTENANT ?

— Arrête de gueuler, on va nous repérer.

— TU BAISES AUSSI DES FEMMES ? JE CROYAIS QUE T'ÉTAIS PÉDÉ ?

— Ça te regarde pas. Je baise qui je veux.

— PAS ICI. TU JOUES UN RÔLE.

— Ouais : je joue un rôle. C'est *toi* qui me l'as demandé, je te signale. Et tu devrais être content parce que ça se passe bien, mais tu vas tout faire foirer.

— J'EN AI RIEN À FOUTRE.

— Calme-toi, Benoît. Gâche pas tout… tu le regretteras, demain…

— RIN À FOUT'.

— Tu pues le whisky, tu ferais mieux d'aller te coucher.

— J'FAIS C'QUE J'VEUX. J'T'EMMERDE.

— Moi je vais me coucher. Bonne nuit.

— J'VAIS T'DIRE UNE CHOSE…

— Quoi ?

— T'ES QU'UN P'TIT BRANLEUR… TU T'PRENDS POUR QUI, HEIN ? TU SAIS RIEN FAIRE.

— OK… J'arrête alors. Quand tu veux, j'arrête.

— NANANAN… T'ARRÊTES PAS. TROP FACILE.

— Tu veux quoi alors ?

— J'VEUX QUE TU M'SUCES. ICI MAINTENANT.

— J'ai pas envie.

— ALORS POURQUOI TU BANDES ?

— Je bande pas.

— SI. TU BANDES.

— Lâche mes couilles, s'il te plaît.

— J'VAIS T'DÉFONCER. JUSQU'À LA GARDE J'VAIS T'LA METTRE.

— Tu me fatigues. Tu vas rien faire du tout, t'es trop bourré. Il est où, ton hôtel ? Je t'appelle un Uber.

— NAN ! PAS D'UBER.

— Donne-moi le nom de ton hôtel.

— LE TERMINUS.

— OK… Il arrive, le chauffeur.

— EMBRASSE-MOI.

— Bonne nuit, Benoît. Prends un Doliprane avant de te coucher.

— Excusez-moi monsieur, il est midi. Vous devez libérer la chambre.

J'ouvre un œil. Ça déclenche une douleur terrible, au niveau des sinus, qui irradie dans toute la boîte crânienne.

— Che vais me lever.

J'ai dormi sur le lit, tout habillé – avec mon blouson et mes chaussures.

Je suis fripé de la tête aux pieds.

Je me regarde dans le miroir de la salle de bains.

Je vois Nosferatu.

Me regarder dans le miroir de la salle de bains me donne envie de vomir.

Ce que je fais. Dans le lavabo.

Je rince ça comme je peux – le lavabo est bouché – puis me passe de l'eau sur le visage.

Rassemble mes affaires en vitesse et quitte les lieux comme un voleur.

Je boirai un café à la gare avant de sauter dans le premier train pour Paris

— T'as ouvert un compte Instagram au nom d'Andrés Mora ?!

— J'avais pas le choix : c'est Cécile qui a insisté. On l'a fait ensemble, à Brignac.

— Cécile, l'attachée de presse ?

— Oui. Et Louis aussi, il voulait.

— Fais gaffe, Antoine. Faut que tu reprennes des distances.

— Faudrait savoir… C'est toi qui m'as demandé d'aller me montrer au salon de Brignac. Je comprends pas pourquoi ça te dérange : tout le monde est sur Instagram aujourd'hui. Ça fera vendre le livre. J'ai déjà pas mal de followers, t'as vu ?

— Ouais, j'ai vu. Je veux avoir un regard sur ce que tu postes. Et je tiens à ce que tu restes discret. Sur Instagram et ailleurs. Mets-toi en retrait, OK ?

— Et toi arrête de me parler sur ce ton, OK ? J'en ai marre, là. Ça me prend du temps et ça me rapporte pas grand-chose pour l'instant, de jouer Andrés Mora. Alors si tu préfères, on arrête tout. Je m'en fous, moi.

— Calme-toi. Merci pour tout. Tu te débrouilles très bien… mais faut pas en faire trop.

— J'ai compris.

— Et excuse-moi. Je suis désolé… pour mon attitude à Brignac. J'avais trop bu.

— T'inquiète.

— Bon… On se voit quand ? Demain soir, tu peux ?

— Demain, non.

— Jeudi soir ?

— OK. Je te confirme ça jeudi aprèm.

— Je t'embrasse.

— Ciao, à jeudi.

Aux Rencontres d'Arles j'ai vu, il y a quelques années, une exposition intitulée *Road to Death*. Christophe Rihet a photographié les lieux où des célébrités ont perdu la vie, dans des accidents de la route, fusillades, règlements de comptes, suicides… Carrefour, virage, route nationale, rue parisienne, tunnel, pont, circuit de Formule 1…

Elle m'avait impressionné, cette expo. De grands tirages couleur, tableaux sinistres et somptueux, alignés sur les murs blancs. Aucune présence humaine sur ces photos. Ce qu'elles rendent, c'est l'absence de ces morts mythiques. Parmi eux : Bonnie Parker et Clyde Barrow, John Fitzgerald Kennedy, Diana Spencer, James Dean, Michel Colucci, Jackson Pollock, Jean Seberg, Albert Camus, Ayrton Senna, Jayne Mansfield, Isadora Duncan, Grace Kelly… À côté de chaque image, une légende mentionnant le nom de la personnalité, la date de sa mort, le lieu, la marque et le modèle du véhicule, et un court texte expliquant les circonstances du drame.

J'avais acheté le livre de l'exposition, *Crossroads*.

Aujourd'hui j'ai passé un long moment à le regarder. On ressent, fortement, la fascination du photographe pour ces légendes morbides. J'imagine qu'il est revenu plusieurs fois sur chacun des lieux, à plusieurs moments de la journée, au petit matin, à midi, le soir, la nuit… Il a dû en faire, des clichés, pour capter cette atmosphère crépusculaire, même sur les photos prises en plein jour.

Ce qui s'en dégage surtout, c'est une impression de solitude infinie.

Je verrai pas Antoine
Pas ce soir
Il a annulé
C'est pas grave
Je vais me reposer
Suis fatigué
C'est le stress
J'ai de l'eczéma je crois
Ça me démange, le dos surtout
Plus je me gratte plus ça me démange
C'est le stress… sûrement
Ça peut filer des boutons
Le stress ?

On a toujours besoin des autres, on ne peut pas passer sa vie à se détester soi-même.

TROISIÈME PARTIE

LE CHAMP DE BATAILLE

Benoît Cardan est seul, à présent.

Dans son appartement vide et blanc.

Il a bazardé le canapé, les fauteuils, la commode et le lit double, a racheté un matelas de 90 × 190 cm et un sommier de la même taille – des lattes de bois fixées sur un simple cadre métallique. Il a recouvert le matelas d'une housse anti-punaises de lit qu'il aspire fréquemment après avoir traité le sommier avec l'Eradicator, en insistant sur les angles, les recoins et les points de fixation des lattes de bois sur le cadre en métal.

Il a jeté un grand nombre de fringues, n'a gardé que deux pantalons, trois chemises, trois pulls, cinq caleçons, six paires de chaussettes, un blouson en cuir, une veste et un manteau. Tous ces vêtements – préalablement désinfectés à la vapeur brûlante de l'Eradicator ou au congélateur – sont enfermés dans des caisses en plastique entreposées en hauteur, sur une table à tréteaux dont la base des pieds est enrobée de scotch double-face. La chambre à coucher est uniquement meublée du petit lit (dont les pieds sont aussi entourés de scotch double-face) recouvert de linge blanc, et d'une chaise en plastique transparent sur laquelle il a posé une lampe de chevet et une boîte de Lexomil. Le lit n'est pas collé au mur. De la terre de diatomée a été saupoudrée par endroits sur le sol, autour des pieds de lit et contre les murs. Ça donne une impression de saleté.

Dans le salon, les étagères sont vides ou presque. Le parquet garde des traces plus claires aux endroits du canapé et des fauteuils qui ont fait place à un congélateur de grand volume : 400 litres. Y sont stockés un grand nombre de livres, quelques vêtements et paires de chaussures appartenant à sa femme et à sa fille. Tous ces objets sont enfermés dans des sacs-poubelle sur lesquels il a agrafé des Post-it indiquant ce qu'ils contiennent.

L'Eradicator trône au milieu du salon.

Le Smith & Wesson calibre 38 est planqué sous son lit.

Il parle tout haut.

Il s'adresse à Benoît Cardan, à Andrés Mora.

À Antoine.

À sa femme et à sa fille.

À Louis Maurier.

À ses adversaires invisibles, les punaises de lit.

Il gueule, il ricane, il pleure, la nuit surtout.

L'autre jour, perdu dans ses pensées, il n'a pas regardé des deux côtés avant de traverser la rue (en sens unique) et s'est fait renverser par une trottinette électrique. Il s'en est tiré avec quelques égratignures sur les genoux et sur le coude droit. Depuis, il se sent insécurisé en tant que piéton, les bruits de la rue l'agressent – des travaux partout – et il craint les trottinettes, les vélos, les scooters, les bagnoles… Il préfère rester chez lui. Il erre dans l'appartement en caleçon : la procédure anti-punaises interdit formellement de s'allonger sur son lit tout habillé. Il est fatigué, parfois essoufflé, comme s'il manquait d'air. Il dort mal. Se réveille au milieu de la nuit et gamberge en broyant du noir pendant trois ou quatre heures avant de se rendormir, mais son sommeil est léger, de mauvaise qualité, entrecoupé de mauvais cauchemars et toujours Antoine est là, parfois avec une autre perruque ou un autre visage mais c'est lui, ouais c'est bien lui, qui prend un malin plaisir à le torturer. Nuit et jour. Cet enfoiré d'Antoine, il le voit plus souvent dans ses cauchemars qu'en vrai. Les rares rendez-vous qu'il lui accorde sont souvent retardés ou reportés (il travaille, il a un pote de passage à Paris, il est malade…). Benoît a cessé de lui envoyer des SMS, ça le détruisait de guetter, pendant de longues heures, une réponse qui ne venait pas, ou trop tard quand Benoît, après en avoir pleuré de rage et de désespoir, ne l'attendait plus.

Il s'efforce de ne pas trop zoner sur les réseaux sociaux… putain que c'est dur de résister ! L'omniprésence d'Andrés Mora sur Instagram le fait souffrir, physiquement. Lui donne des suées, des palpitations, des maux de ventre. Alors il se dit qu'il faut arrêter Instagram, absolument. Mais il n'y arrive pas. Il a du mal à lire, à se concentrer sur une tâche. Quand il passe l'aspirateur sur son matelas, il ne sait plus quelle face il a aspirée, quelle autre reste à faire, alors il recommence tout et ça l'épuise. Son cerveau est entièrement accaparé en alternance par deux obsessions : celle pour les punaises de lit et celle pour Antoine/Andrés Mora, plus insidieuse, ô combien plus douloureuse.

Il a moins de piqûres – on pourrait presque affirmer qu'il n'a plus de piqûres, quoique… rien n'est moins sûr. Elles vont et viennent, les piqûres… elles disparaissent et réapparaissent… ce qui est sûr, c'est que ça le gratte. Souvent il se lève en pleine nuit et chausse ses lunettes pour examiner son dos dans le miroir. Y a un bouton, là… minuscule mais oui c'en est un… deux, même… Faut être vigilant. Pas baisser la garde ! Elles n'attendent que ça, les charognes. C'est la guerre des nerfs mais il encaisse, le Cardan. Il a de la ressource. Elles sont mal tombées, les assoiffées. Il anticipe, il devine, il voit clairement dans leur jeu. Il leur prête – aux punaises de lit – une intelligence et des intentions machiavéliques. Elles sont programmées pour résister à tous les traitements chimiques, pour se multiplier à l'infini dans le but de coloniser la planète et même l'univers.

Et si elles étaient envoyées par des extra-terrestres pour détruire la race humaine ? Tout est possible : c'est le maître de Joséphine – le clébard gris – qui l'a dit.

E. Durand

★★ Sans grand intérêt

Achat vérifié

Une intrigue molle, un style poussif... je n'ai pas accroché avec ce livre que j'ai lâché au bout de 20 pages.

F–L

★ Pénible

Achat vérifié

Me suis ennuyer a mourir avec ce bouquin de vieux depressif.
Je m'en suis servit pour allumé mon barbeuc.

Il a des envies de meurtre en lisant les commentaires clients sur Amazon – pour *Chapitre dernier*, il n'y en a que deux.

En revanche *Lui, mon autre* croule sous les commentaires, élogieux pour la plupart, ce qui devrait le réjouir.

Ça l'énerve.

Benoît perd le contrôle des relations entre Andrés Mora et son éditeur. Depuis qu'Antoine a incarné Andrés Mora au salon de Brignac, il communique avec l'attachée de presse sur la messagerie Instagram sans en informer Benoît, qui enrage et harcèle Antoine de questions. Ils s'engueulent fréquemment. Antoine lui dit que pour l'instant, il ne gagne pas grand-chose dans cette histoire et qu'il en a marre de mentir. Il le menace de tout avouer à Maurier, alors Benoît s'écrase et finit presque par s'excuser.

Benoît lui a filé un peu de fric, à Antoine, mais il ne peut pas allonger la thune comme ça… Delphine continue à payer les deux tiers du loyer de l'appartement et elle lui a fait comprendre que ça ne pourrait pas durer indéfiniment. Avec ses revenus d'auteur, maigres et irréguliers, Benoît n'a pas un dossier assez costaud pour louer un appartement à Paris – ne serait-ce qu'un studio. Dieu merci, il n'a pas flambé tout le fric de l'à-valoir de *Chapitre dernier*, mais ses réserves diminuent et ça l'effraie.

Delphine habite chez son amant, elle a emmené Anna. Lâcheuses ! Anna lui envoie des SMS et passe le voir mais elle ne reste pas longtemps, comme pressée de se tirer ailleurs, de fuir les punaises sans doute… Elle a la trouille, ça peut se comprendre… Delphine l'appelle. Souvent, par rancœur, Benoît ne répond pas, puis il attend qu'elle rappelle – ce qu'elle ne fait pas, alors il regrette de ne pas avoir décroché. Il enrage. Comment lui pardonner de l'avoir quitté pour ce ringard cravaté, alors que Benoît a toujours toléré qu'elle se tape d'autres mecs ?

Il lui en veut.

Il en veut à Antoine, particulièrement.

Il en veut à la terre entière.

Les enfoirés. Ils se sont débinés. Tous absents. C'est comme s'ils étaient morts.

Y en a un, qui n'est toujours pas mort : son père. Qu'est-ce qu'il s'accroche, le vieux ! Il continue à l'appeler – sonnerie Harpe – mais Benoît ne décroche plus. Jamais.

Et les punaises, elles s'accrochent aussi. Y en a encore, des vivantes. Sûr. Ou des larves prêtes à éclore, pour le vider de son sang. Elles veulent sa peau.

Benoît regarde *La Grande Librairie*. Antoine porte une chemise jaune bouton-d'or. Les auteurs qui l'entourent sont gris, noir ou bleu marine. Aucun d'entre eux n'est aussi jeune. Antoine répond aux questions de François Busnel, souvent de manière évasive, brouillonne, et il débite quelques banalités mais peu importe… Il a l'air un peu perdu et cette fragilité le rend émouvant. Il capte l'attention. Il crève l'écran.

La petite roulure. On ne voit que lui.

Comme les punaises, Antoine se nourrit de lui. Comme les punaises, il le harcèle. Le manipule. À distance, par télépathie. Ça existe, la télépathie machiavélique. Si si. Antoine s'introduit en lui – rarement de manière charnelle hélas, mais par la pensée. Il se connecte au cerveau de Benoît et parvient à occuper toutes ses pensées, sans rien lui donner ou presque. Ah il sait y faire, ce petit salaud. Une caresse furtive, pour une vacherie assassine. Un compliment, pour une trahison et deux lapins. Il annule, il ajourne, il déplace les rares rendez-vous. Il se fait désirer. Il accroît son emprise. C'est sa peau tellement douce… du velours de soie. Et son odeur… Faut pas le toucher, ce mec. Trop magnétique. Addiction instantanée. L'entendre (son rire), le caresser, le sucer, l'enculer… c'est fini tout ça. Aujourd'hui : le manque. Et des souvenirs entêtants. Benoît en rêve la nuit. Il se réveille avec la gaule et l'envie de pleurer.

Ses charmes ravageurs, Antoine les réserve à d'autres. Qui ? Maurier ? Son attachée de presse ? Ses 5 892 followers ? Et maintenant, voilà qu'il lit ! Il poste des commentaires sibyllins sur ses lectures et ramasse des paquets de like. Benoît s'étrangle de rage mais il a perdu la main sur Andrés Mora. Sa créature lui échappe. Il ne parvient plus à la contrôler.

Et si Antoine se mettait à écrire ?

Sur Facebook, Benoît regarde la retransmission d'une lecture musicale illustrée – c'est la grande mode – de *Lui, mon autre*. Un type grattouille des accords à la guitare électrique pendant qu'un illustrateur binoclard exécute, au pinceau et à l'encre de Chine, un dessin projeté sur un grand écran... C'est quoi ce bâton noir ?... Un tronc d'arbre... puis des branches et des feuilles et derrière l'arbre... un étron ? Ah non, un nuage... c'est d'un laid : du caca en live, sans aucun rapport avec le roman lu par Antoine/Andrés, plutôt pas mal, faut le reconnaître. Sobrement. Il n'en fait pas trop, il lit ni trop vite ni trop lentement et son visage exprime quelque chose d'indéfinissable qui colle parfaitement avec le texte, un mélange de naïveté et de morgue, d'insolence et de désarroi.

Vivant, fragile, magnétique : Antoine est *Lui, mon autre*.

Merde, putain. Faut pas déconner.

FAUT PAS DÉCONNER PUTAIN.

La lecture musicale, Benoît n'était pas au courant ! ANTOINE NE LUI AVAIT RIEN DIT ! Benoît chope son iPhone et ses mains tremblent, son corps entier tremble. Il appelle Antoine qui ne décroche pas, comme d'hab. Benoît lui laisse un message vocal incendiaire.

Il attend la réponse dans le silence de son appartement vide.

Il bout.

Il gémit.

Il hurle.

L'ENCULÉ PUTAIN !!!

Enfin son téléphone vibre : un SMS d'Antoine.

Désolé Benoît, je pouvais pas faire autrement ! Je t'expliquerai.

Je te rappelle vite. Je t'embrasse fort.

Je t'embrasse fort et JE TE NIQUE DANS LES GRANDES LARGEURS. Je t'usurpe, je t'annule, je t'enterre vivant.

L'ENCULÉ PUTAIN !

Il va trop loin, là. Un coup de couteau dans le dos. Faut mettre un terme à cette boucherie. Rapidement et proprement.

Attention. Pas faire n'importe quoi, hein ! Réfléchir. Établir une stratégie, un plan d'attaque. Comme pour les punaises. Méthode. Rigueur. Détermination.

Faut rien laisser au hasard.

Benoît Cardan fouille dans le congélateur pour retrouver le sac-poubelle qui contient *Crossroads*, le livre de l'exposition *Road to Death*. Il le feuillette au-dessus du congélateur en l'examinant attentivement : pas de punaise de lit écrabouillée ou congelée, pas de larves (ces roulures adorent le papier et le carton et pondent entre les pages). Rassuré, il sort le livre et referme le congélo.

Il contemple les photographies. Certaines sont très retouchées, celle concernant Jean Seberg par exemple, qui représente la rue du Général-Appert à Paris dans le XVIe arrondissement : les ampoules des lampadaires scintillent comme autant d'étoiles, et pourtant le ciel est bleu. La photo semble prise en plein jour, tôt le matin ou peu avant la tombée de la nuit. Au premier plan les arbres sont élagués, ce qui donne une impression de dépouillement mais plus loin, on voit un arbre en feuilles. Est-ce que le photographe a réalisé tous les clichés du livre à la date anniversaire des morts ? Le 30 août 1979, pour Jean Seberg.

Benoît s'attarde sur le paysage de l'accident du 4 janvier 1960 sur la Nationale 5, dans l'Yonne. À 13 h 55, la Facel Vega HK500 de Michel Gallimard percute un premier platane et se disloque sur un deuxième. Le passager, Albert Camus, meurt sur le coup et son éditeur, six jours plus tard.

Le livre – stocké pendant des semaines à moins

22 degrés – est encore froid, ce qui rend son feuilletage encore plus macabre. Mais ça l'apaise. Elles sont si belles, ces images désertiques. De toutes ces vies scintillantes, que reste-t-il ? Des légendes, ouais…

Un grand calme, qui recouvre tout.

Il aspire au calme.

Ce qui ne l'a pas tué ne l'a pas rendu plus fort. C'est tout le contraire. Ce qui ne l'a pas tué l'a rendu plus vulnérable. Plus méfiant. Moins téméraire. Plus fragile, physiquement surtout. C'est le cœur qui s'en est pris plein la gueule.

Tout ce qui ne l'a pas tué l'a rendu mélancolique.

Tout ce qui ne l'a pas tué s'est accumulé en lui. On va pas faire la liste. C'est enfoui mais ça couve, au fond.

Un jour ou l'autre, faut la payer, l'addition.

Benoît appelle Antoine, qui est sur messagerie – ça ne le surprend pas.

Il lui envoie un SMS :

J'ai une nouvelle idée de roman. Appelle-moi pour qu'on en parle.

Dix minutes plus tard, Antoine rappelle. Le crétin, il mord à l'hameçon. Benoît décroche :

— Allô…

— C'est Antoine, tu voulais me parler ?

— Oui. D'un nouveau projet de roman.

— Aaah, bonne nouvelle ! Il va être content, Louis. Il me tanne.

— Attends… Faut l'écrire, quand même. Mais justement… ce serait bien que tu participes, un peu… Qu'est-ce que t'en dis ?

— Je suis chaud. Carrément !

— Si on se faisait un petit week-end de travail ? Ailleurs qu'à Paris, pour être tranquille. J'ai besoin d'air, moi.

— Un week-end ? Où ça ?

— Pas trop loin, en Normandie par exemple.

— Pourquoi pas…

— On mettra en route le chantier, et on bouffera des huîtres. Le week-end prochain, tu peux ?

— Si on part samedi et qu'on rentre dimanche en début d'aprèm, ouais.

— Impec. J'organise ça et je te rappelle.

— OK, cool.

— Je me réjouis de te voir.
— Moi aussi.

Les dés sont jetés, maintenant. Fallait pas le prendre pour un con – comment ce faux derche d'Antoine s'est justifié, pour la lecture musicale ! « Je voulais t'en parler… mais Cécile m'a foutu la pression… j'ai été obligé d'accepter tout de suite. Après, j'avais peur que tu m'engueules. T'as pas aimé ? Le public a adoré ! »

Ta gueule, connard. Ah tu y as pris goût, aux louanges et aux applaudissements. Ta nouvelle drogue dure ! Une pommade très addictive. Non j'ai pas aimé. J'ai pas aimé que tu t'appropries les choses de cette manière-là. Tu le sens pas, le gros malaise ? Il enfle comme une baudruche pleine de gaz, prête à exploser.

Pourtant il suffirait… si seulement Antoine lui accordait un minimum d'attention, un peu de tendresse… Mais non. La romance est HS. Elle s'est pris un gros coup de batte dans la gueule, la romance. L'autre jour, Antoine lui a taillé une pipe, vite fait mal fait, comme une pute qui expédie un client indésirable. L'humiliation… et un profond chagrin, tellement douloureux. Quand Benoît s'est retrouvé seul chez lui, il a sangloté bruyamment, comme un môme. Des gros hoquets et de la morve partout. Il s'est regardé dans la glace, avec son pif et ses yeux rouges, sa peau terne et ses traits marqués : moche, vieux, périmé. Pas étonnant qu'il ait cessé d'étonner Antoine, de l'exciter. C'est depuis Brignac. Sa confiance en lui, Antoine l'a siphonnée. On dirait que ce merdeux le méprise, presque. Il a juste oublié que c'était Benoît, l'écrivain. Forcément. Ça l'arrange d'oublier qu'Andrés Mora, c'est Benoît Cardan. Qui a pondu *Lui, mon autre*, hein ? Antoine ne se pose même plus la question. Et s'il en était capable, lui aussi ? Faut voir comment c'est écrit… à l'arrache. Antoine pensait que c'était autre chose, la littérature : du vocabulaire recherché, des phrases longues, bien tournées. S'il suffit d'écrire comme on parle, alors il peut le faire, lui aussi. Il essaie d'ailleurs… bon… c'est pas si évident… mais avec un peu d'aide et quelques conseils, il pourrait y arriver : c'est ça qu'il a dans la tête, le petit enfoiré perruqué. Benoît le devine, il est relié au cerveau d'Antoine – la télépathie machiavélique, ça marche dans les deux sens. Antoine veut tout s'approprier. Il est comme une larve d'insecte parasitoïde qui dévore les organes d'un insecte hôte avant d'éclore. Antoine est en train de tuer Benoît, à petit feu.

Alors c'est de la légitime défense.

Oui, les dés sont jetés maintenant : cette petite pute narcissique l'accompagnera en enfer. Road to Death. Un double suicide maquillé en accident – un suicide doublé d'un meurtre, plutôt. Benoît a peaufiné son plan : presque parfait. Tout d'abord, il a pensé à une nationale bordée de platanes, du genre de celle de l'accident Gallimard/Camus, et puis il a réfléchi. Trop risqué : l'un des deux pourrait s'en sortir et finir dans un fauteuil roulant. Faut être sûr que l'accident soit fatal. Se crasher depuis un pont, ou une falaise. Évidemment il a pensé à Étretat mais le parking de la Chapelle a été fermé : impossible aujourd'hui d'accéder aux falaises en bagnole. Il a tapé « routes en bord de falaises » sur Google. La plupart sont des routes de montagne – trop loin de Paris. Tant pis. Il reste sur son idée d'Étretat. C'est Benoît qui conduira, à l'affût de toute opportunité de crash mortel qui se présenterait – un pont, un précipice, un camion qui roulerait à tombeau ouvert en sens inverse…

Les falaises d'Étretat, ouais. Romantique et lugubre, en cette saison. Ils pourront s'y balader à pied. Faire des selfies – combien de crétins sont morts pour un selfie en bord de falaise ? Au fond de son sac de voyage : le Smith & Wesson, emballé dans un pull. Avec tout ça, aucune chance d'en réchapper.

Haut les cœurs. On y va ! Antoine, Andrés et moi : dernière ligne droite.

Benoît a tout planifié : il a donné rendez-vous à Antoine demain. Il passera le prendre en voiture. Il a préparé et affranchi un courrier à l'attention de Louis Maurier dans lequel il révèle, preuves à l'appui, la véritable identité d'Andrés Mora. Il attendra la dernière minute pour glisser l'enveloppe dans la boîte aux lettres – des fois qu'Antoine annulerait sa venue au dernier moment, comme il en a la sale habitude. Benoît laissera dans l'appartement un double de ce courrier, ainsi qu'une lettre adressée à Delphine et à Anna.

Pour parvenir à s'endormir, il avale un demi-comprimé de Lexomil. Comme elle est longue, cette dernière nuit… Hallucinée, hachurée, entre veille et sommeil, bribes de cauchemars d'accidents et de chutes, pensées décousues, angoisses et chagrins. Il rêve d'Antoine avant Andrés. Il rêve de son père : Benoît le serre dans ses bras et son père ne le sent pas, ne le voit pas.

À 5 h 56 il ouvre les yeux, reste un court moment à gamberger, allongé dans le noir.

Il se lève, boit un café et mange une banane. Il a l'esprit plutôt clair. Il se rase et s'habille avec soin. La chemise blanche ou la grise ? Avec quel pantalon ? Je rêve. Tu cherches encore à lui plaire ou quoi ? Et tu bandes ! Non ! enfin si… je suis fébrile… L'adrénaline…

Il vérifie une dernière fois le contenu de son sac

de voyage – le Smith & Wesson chargé est bien là, planqué entre deux pulls. Sur la table de la cuisine, il pose la lettre à Delphine et Anna et le double du courrier adressé à Maurier dont il emporte l'original.

Il quitte l'appartement et rejoint la voiture qu'il a empruntée à Delphine. Benoît a fait le plein hier. Il met environ quarante minutes à rejoindre le domicile d'Antoine, lui envoie un SMS :

Suis garé en face de chez toi.

J'arrive, répond Antoine mais Benoît, méfiant, attend de le voir sortir de son immeuble, sac à l'épaule, avant de glisser l'enveloppe adressée à Maurier dans la boîte aux lettres.

Ils se font la bise.

— T'as changé de perruque ? demande Benoît.

— C'est pas une perruque.

— ?

— J'en avais marre, j'avais toujours peur qu'elle soit de traviole ou qu'on me l'arrache, la perruque…

Benoît regarde Antoine. Le fumier. C'EST PAS UNE PERRUQUE. Antoine s'est teint les cheveux et les a laissés pousser : Antoine est coiffé comme Andrés Mora. Antoine est devenu Andrés Mora. Parfait, mon gars. Bien joué. Tu me donnes du cœur à l'ouvrage. Des fois que je serais tenté de me dégonfler, suffit que je regarde ta petite gueule d'imposteur pour affermir mes mauvaises résolutions.

Benoît met le sac d'Antoine dans le coffre. Il démarre.

— On va où, alors ? demande Antoine.

— À Étretat. Tu connais ?

— Juste de nom…

— C'est très beau.

— Alors t'as une nouvelle idée de roman ?

— Ouais… un embryon d'idée.

— C'est quoi ?

— Paul mentait tout le temps. Pour le prochain roman, j'ai pensé à un personnage qui s'efforcerait de dire la vérité, constamment, ce qui conduirait à des situations catastrophiques.

— Ah… c'est pas mal… mais je vois pas comment c'est possible, de dire tout le temps la vérité.

— Tu mens beaucoup, toi ?

— Bah ouais… comme tout le monde. À mes parents, surtout. Ils préfèrent ça.

— C'est normal de mentir à ses parents.

— Surtout quand t'es gay. Moi, j'ai toujours menti à mon père… C'était tout un art, de deviner ce que je devais dire pour éviter de me faire démonter la tête.

— Il est violent, ton père ?

— À ses heures, ouais… Parlons d'autre chose. À propos de mensonge… va falloir que je dise à Louis Maurier qu'Andrés Mora, c'est pas mon vrai nom.

— Tu plaisantes ?

— On peut pas ouvrir un compte en banque au

nom d'Andrés Mora sans carte d'identité. J'ai besoin d'un RIB, pour être payé des rencontres, des lectures… Faut que tu trouves une solution : on fait comment pour qu'Andrés Mora soit payé ?

Antoine a raison. Hélas, l'époque où on pouvait trafiquer des faux papiers d'identité avec du Letraset est révolue. Mais il s'en fout, Benoît Cardan. C'est plus son problème. Après sa mort et celle d'Antoine, les droits d'auteur seront dus à ses ayants droit : Anna, et Delphine.

— Je vais y réfléchir, répond Benoît.

— Ouais… c'est plutôt urgent, insiste Antoine.

T'inquiète, mec. Y aura plus aucune urgence quand tu seras six pieds sous terre.

Benoît s'engage sur l'autoroute. La circulation est fluide. Antoine somnole. Mauvaise mine, le garçon… Quelques boutons, de fines rides qui se devinent, aux coins de la bouche, autour des yeux… il a pas l'air en forme, constate Benoît. Il constate aussi qu'il n'éprouve pas – pour l'instant – de désir pour son jeune passager. Ça le surprend : d'habitude, la seule présence d'Antoine suffit à lui filer la gaule. Rien d'étonnant, en fait. Benoît est focalisé sur ses sinistres projets. On peut pas être au four et au moulin. Mais tout de même… il a changé, Antoine. Il ne dégage plus la même aura. Alors que sur Facebook et Instagram, il crève l'écran, l'Antoine/Andrés de chair et d'os a perdu son sex-appeal. Comme si sa fraîcheur et son magnétisme, criants à l'écran, avaient été absorbés par l'image virtuelle.

Ouais… il a changé, Antoine. Toi aussi, t'as changé. Un magnifique gâchis. Deux vies qui déraillent. Et un seul homme qui tire les marrons du feu : Louis Maurier.

Benoît roule depuis une heure, en léger excès de vitesse. Pour l'instant, aucune opportunité ne s'est présentée à lui. Au pont de Tancarville, peut-être ?… Antoine s'est endormi, recroquevillé contre la portière – il a vraiment l'air crevé. Faut pas le regarder. Tracer la route, sans dévier. Cette petite roulure, même en dormant il te manipule ! Il a l'air tellement vulnérable comme ça… avec ses petites pattes moulées dans son slim noir, repliées en position du fœtus. Merde. C'est pas le moment de mollir ! Regarde donc ses cheveux, coiffés à la Andrés Mora. Est-ce qu'il t'en avait averti ? Que dalle. Chaque fois, il te prend par-derrière.

Benoît double un semi-remorque et se rabat immédiatement, le camion freine en klaxonnant longuement. Antoine se réveille.

— On arrive bientôt ? il demande.

C'est Anna, qui rabâchait cette question quand elle était môme.

— Dans une heure trente environ, répond Benoît.

— On peut s'arrêter un peu ? J'ai envie de faire pipi.

Il le fait exprès, de prononcer les mêmes phrases qu'un enfant ? Benoît aurait presque l'impression de voyager avec son fils. Te laisse pas attendrir, imbécile ! C'est pas ton fils : tu l'as sodomisé et vice versa.

Dix kilomètres plus loin, Benoît met son clignotant à droite et s'engage dans la bretelle d'une station Total. Il se gare. Antoine sort de la bagnole et s'étire. Ils vont pisser, boivent un café – trop sucré. Benoît est pressé de repartir, pressé d'arriver, pressé d'en finir.

Ils remontent dans la Mégane. Benoît démarre, passe la marche arrière, recule, repasse en première puis en seconde, il roule une dizaine de mètres, il accélère et soudain CLAC… la voiture s'arrête, sur la bretelle de sortie de la station-service. Il repasse en première et tente de redémarrer. En vain.

— Merde !

— Qu'est-ce qui se passe ? demande Antoine.

— Aucune idée.

Benoît tente à nouveau de démarrer, peine perdue. Ils sortent de la voiture, la poussent et la garent tant bien que mal sur le bas-côté. Benoît met le frein à main et les warnings.

— Je vais demander de l'aide à la station, propose Antoine.

— OK… fais vite, répond Benoît.

En attendant, il fulmine. Saloperie de vieille bagnole de merde. Le pognon qu'on lâche pour l'entretenir ! Putain de poisse de merde. Ça n'arrive qu'à moi !

Antoine se pointe avec un type de la station qui ouvre le capot.

— Elle s'est arrêtée comme ça ? demande le mec.

— Ouais. Y a eu un bruit, juste avant.

— Elle est pas jeune, votre voiture. À mon avis, c'est la courroie de distribution qui a lâché.

— La courroie de quoi ?

— La courroie de distribution, c'est ce qui entraîne l'arbre à cames. Faut la remplacer tous les cent mille kilomètres, ça prévient pas, avant de lâcher. Vous l'avez changée quand, la dernière fois ?

— Je sais pas… On la fait réviser tous les ans, la voiture. Il nous l'aurait dit, le garagiste, qu'il fallait changer la courroie.

— Ouais. Un bon garagiste, il vous aurait prévenu…

— Et ça peut se changer vite ?

— Ah ah ! Vous êtes pressé, m'sieur ? Vous pouvez appeler une dépanneuse. Faudra démonter le moteur… vérifier qu'il est pas foutu, déjà : ça peut faire des gros dégâts, une courroie qui claque.

— OK… merci. Je vais appeler mon assureur.

— Vous avez une sacrée chance que la courroie ait

lâché ici plutôt qu'en pleine vitesse sur l'autoroute, avec un camion derrière…

— C'est vrai ça, dit Antoine en frissonnant.

Une sacrée chance, ouais.

Benoît a appelé son assureur, qui a appelé une dépanneuse.

Ils l'attendent en buvant un café dans la station-service.

— On va faire quoi ? demande Antoine, avec sa bouille de môme mal réveillé.

— Rentrer à Paris.

Le visage d'Antoine s'éclaire.

— Bah c'est pas plus mal. Ça caille trop pour aller à la mer. On peut bouffer des huîtres à Paris !

Benoît n'a pas envie de parler. Antoine meuble le silence. Faut pas se gourer de resto. Il en connaît un bon, dans le XIe. Pas trop cher. Les huîtres, quand il commence il peut plus s'arrêter. Un jour il s'est tapé une de ces chiasses, mais ça l'a pas découragé : il adore… surtout avec du vinaigre à l'échalote. Putain ça le fait trop saliver.

Enfin, la dépanneuse se pointe. Le chauffeur embarque la Mégane pour l'amener dans un garage, à Évreux. Benoît lui demande s'il peut les déposer à la gare.

À Évreux, ils prennent un Intercité. Benoît s'assoit côté fenêtre. Il regarde défiler les arbres couverts d'une fine pellicule de givre blanc. Je suis une vieille branche givrée mais sur moi, les bourgeons ne repousseront pas, se dit-il sans en être affecté plus que ça. À cet instant T, il s'en fout – il se fout de tout. Est étonné d'éprouver un grand détachement. Un grand calme. Un grand soulagement. Il se sent vide à l'intérieur. Comme si on lui avait ouvert le bide pour en extraire une pelote d'épingles qui lui déchiraient les entrailles. Il n'a plus envie de contrôler quoi que ce soit, pour le moment. Il laisse ses pensées vagabonder comme s'il se promenait, au petit bonheur la chance, dans le cerveau d'un autre. Destination falaises : c'était pas pour aujourd'hui. La courroie de distribution qui lâche dans la station-service… pas besoin d'être mystique pour y voir un signe. Et si l'un des deux était protégé ? Antoine, ou lui-même ? Peu importe. Vaut mieux les écouter, les signes. Faut ouvrir les écoutilles, et lâcher prise. Il est tellement fatigué. C'est reposant de lâcher prise.

Antoine s'est à nouveau endormi – il a baisé toute la nuit ou quoi ? Il s'écroule sur lui-même, puis pose sa tête sur l'épaule de Benoît. Sa cuisse tiède est collée à celle de Benoît. Légère érection. Allons bon… Tu bandes encore, c'est déjà bien, pour une vieille branche.

Antoine s'avachit encore. Carrément, il se couche en chien de fusil, sa tête sur les genoux de Benoît qui ne sait plus quoi faire de ses mains. Cet abandon, ça le trouble, l'agace. Lui donne envie de… Il pose sa main gauche sur l'épaule d'Antoine, sa main droite sur ses cheveux teints. Il n'essaie même pas de retenir les larmes qui coulent sur ses joues. Des larmes silencieuses, qui viennent des profondeurs. Faut ouvrir les vannes, rincer toute la tuyauterie. Qu'elle sorte, cette vilaine bile pleine de rage et de désespoir. Des larmes sans sanglots… ça pourrait presque être des larmes de joie.

Antoine est vivant.

Lui aussi.

Un mort, ça pleure pas.

Benoît Cardan est rentré dans l'appartement vide et silencieux. Il pose son sac, enlève son manteau et le range dans une caisse en plastique.

Il a l'impression d'avoir un trou dans le ventre mais il n'a pas faim.

Il est épuisé mais il n'a pas envie de dormir.

Il n'a pas envie de lire.

Il allume la télé, zappe, mais les voix des acteurs ou des journalistes l'insupportent. Tout ce bavardage inutile, ça le débecte. Il éteint la télé. Se rend dans la cuisine : sa pièce préférée. Les punaises de lit investissent rarement les cuisines – ici les chiens n'en ont jamais détecté. Il repense aux moments où il préparait le dîner pour Delphine et Anna. Aujourd'hui ils lui apparaissent comme parmi les plus heureux de sa vie. Il n'en avait pas conscience alors – obnubilé par ses angoisses d'auteur… Il ne cuisine plus, maintenant. Depuis le départ de Delphine et d'Anna, il mange rapidement et sans plaisir. Il se nourrit d'un avocat, de sardines en boîte, de pâtes au beurre ou d'un œuf à la coque… C'est son père, qui lui a appris à cuisiner. Benoît se rappelle les week-ends en famille, quand il était enfant. Ses parents s'engueulaient, c'était toujours le même refrain. Son père achetait trop de viande, trop de légumes, trop de pain, trop de tout et ça exaspérait sa mère. Quand il préparait à bouffer, il foutait un bordel sans nom dans la cuisine, salissait des quantités de poêles et de casseroles et sa mère se tapait la vaisselle en râlant. Ça fait un bail que Benoît n'a pas pensé à son père. Des semaines… des mois, même. Brusquement il a envie de lui parler. Il essaie de l'appeler. Benoît souhaite désespérément que son père décroche – ça lui paraît presque une question de vie ou de mort d'entendre sa voix, tout de suite. Mais ça sonne dans le vide et il tombe sur la messagerie. Inutile de laisser un message, son père n'a jamais su les écouter.

Ce soir, Benoît n'a pas faim. Il se force à manger une banane pour tenter de remplir ce vide dans son ventre. Et s'il avait un ver solitaire ? Une saloperie de tænia, long de plusieurs mètres, qui dévorerait toutes ses réserves. Ça expliquerait les maux de ventre, nausées… et cette fatigue immense. Trop fatigué pour aller dîner au resto avec Antoine, il a décliné. Trop fatigué pour avoir la force de soutenir une conversation sans baisser les yeux, et quand il regarde le nouvel Antoine/Andrés, une petite voix intérieure lui crie « c'est TOI qui a engendré cette créature, c'est TON œuvre. T'es fier ? T'es fier de toi ? » répète cette sale petite voix nasillarde et il ne peut pas regarder le visage d'Andrés/Antoine sans que son cerveau y superpose l'image du crash, l'image des falaises, l'image du Smith & Wesson… Toutes ces images échafaudées et imaginées à grand renfort de détails s'imposent à lui et ça sert à rien de fermer les yeux. Non. Antoine, il ne peut plus le voir, il ne veut plus le voir. Il n'éprouve presque plus de désir. Plus du tout de haine. Rien d'autre que cet épuisement et ce vide qui grandit dans son bide et commence à envahir ses poumons. Ça fait mal dans la poitrine… Il prend un Doliprane 1 000.

Sur la table de la cuisine, il y a les enveloppes. Celle du courrier adressé à Delphine et à Anna, et celle adressée à Louis Maurier. Il est parti, le courrier adressé à Maurier. Benoît est pris d'un violent vertige. Peut-être qu'il a une tumeur au cerveau, en fait. Ça expliquerait la fatigue gigantesque et cette insensibilité, aussi. Les fourmis dans les mains et les maux de tête… Et les absences. Il oublie les prénoms. L'autre jour, son iPhone a sonné. Sur l'écran : Catherine. Un court instant, il ne savait plus qui était Catherine. Sa propre sœur ! Et ce fond de migraine qui ne le lâche pas. Tiens, ça commence à s'intensifier, les névralgies à l'arrière du crâne. Oui. La tumeur au cerveau, ça explique tout. Il prend un deuxième Doliprane 1 000 – inutile d'attendre que ça empire.

Le courrier est parti et Louis Maurier va le recevoir. Benoît n'a rien dit à Antoine. C'est moche, ça…

Il a envie d'appeler Anna mais il ne le fait pas. Le samedi soir, elle est toujours très occupée. Elle a un copain, depuis peu. « Un mec à la hauteur » comme dirait son père. Elle évite de l'amener ici et c'est bien normal : les sacs-poubelle, le congélateur, l'Eradicator… ça ferait fuir n'importe quel amoureux transi.

Benoît repense à sa vie d'avant. Quand il attendait le retour de sa femme et de sa fille. Il était satisfait : il avait écrit tout l'après-midi. Faudrait qu'il s'y remette. Difficile, dans l'état où il est. Aujourd'hui Benoît Cardan n'attend plus personne et personne ne l'attend plus. Ah si ! Pardon. Les punaises l'attendent. Pour le vider de son sang et de son énergie vitale, elles n'attendent que lui. Les indestructibles. Elles sont plus fortes : plus nombreuses. Quand il en tue une, dix sont en train d'éclore. Une machine de guerre.

Il se déshabille, plie ses vêtements et les range dans une caisse en plastique. Il se couche mais en position allongée, c'est pire, la sensation d'asphyxie. C'est le cœur, sans doute. Il est à l'âge de la crise cardiaque, il picole et il fume trop, ne fait pas de sport… le candidat parfait. Cette douleur thoracique, elle irradie dans le bras gauche ou il rêve ? Il prend un troisième Doliprane. Oui, une crise cardiaque : il est d'accord. Il préfère la crise cardiaque à la tumeur au cerveau. Mais vite, alors. Parce qu'il a mal. De plus en plus mal. Le ventre noué, et comme un poids sur la poitrine, de plus en plus lourd et cette sensation de manquer d'air qui s'accentue, comme s'il était une baudruche percée qui se dégonflerait. C'est ça qu'il est, ouais : un dégonflé. Il n'a pas eu le courage. Les images reviennent, les sales images du crash qui n'a pas eu lieu et le voilà revenu à la case départ. Et maintenant tu fais quoi, espèce d'imbécile ? Couille molle. Vieille branche. Disparais ! Tu me fais honte.

Le courrier est posté et sera distribué lundi ou mardi.

Partir, c'est pas si dur. Mais abandonner ceux qu'on aime…

Il a mal. Partout. Un quatrième Doliprane – ça n'agit pas. Il faudrait dormir. Ça ira mieux demain. Il prend un Lexomil entier mais les images tragiques continuent à le torturer et il reste éveillé avec son épuisement et sa douleur, alors il prend plusieurs comprimés de Lexomil, six ou sept… il ne les compte pas, puis il en avale carrément une poignée. Il a juste besoin d'un peu de repos. D'un sommeil sans rêves.

Il se détend
Il s'apaise
Il n'est plus malheureux
Il n'est pas devenu un meurtrier
Il a eu de la chance avec la courroie
Il n'a jamais voulu tuer personne
Il voulait juste être lu, à nouveau
Il voulait simplement recommencer
Et il y est parvenu
Il sourit
Il a réussi ça : revivre une première fois

J'ai rêvé de Romain Gary. Il était assis, au milieu de mon salon vide et blanc : aucun autre meuble que cette chaise sur laquelle était assis Romain Gary, fumant son cigare en regardant le ciel. Il portait un gilet afghan, une chemise de couleur sombre et un pantalon en cuir.

Il n'a pas peur des punaises de lit, j'ai pensé. Il n'a peur de rien. Je l'ai envié.

Je me suis approché, pour vérifier que c'était bien lui – Romain Gary dans mon salon : impossible. J'ai fait quelques pas, des petits pas de loup, je voulais rester invisible, et surtout, ne pas le faire fuir mais il m'a entendu et s'est tourné vers moi.

— Je t'attendais.

J'ai rien trouvé à répondre.

— Approche, il a dit encore.

Il a déplié son long corps et s'est levé en me regardant. Il se tenait debout à côté de la chaise, bien droit, ce qui donnait à cet instant un petit côté solennel.

Il est bien plus grand que moi, j'ai constaté.

Il a tiré sur son cigare et m'a enfumé la tronche en recrachant la fumée par la bouche, puis il a posé sa main droite sur mon épaule gauche et a dit :

— Je suis fier de toi.

Il se fout de ma gueule, j'ai pensé, mais il y avait, en plus de l'espièglerie, une certaine gravité et de la chaleur dans ses yeux.

— Je suis fier de toi, il a répété, comme pour lui-même, et j'ai souri.

— Merci, j'ai répondu bêtement et je ne voyais pas quoi ajouter.

C'était un beau moment. Un moment de grâce. Un moment béni, dont je ne voulais pas sortir car je me sentais heureux, heureux et pur, lavé de tout ressentiment et de toute culpabilité.

TEXTES CITÉS

Page 33 : Émile Ajar, *Pseudo*, Mercure de France, 1976.

Page 70 : Guillaume Apollinaire, « Le pont Mirabeau », *Alcools*, Gallimard, 1920.

Page 133 : Émile Ajar, *La vie devant soi*, Mercure de France, 1975.

Page 158 : Émile Ajar, *Gros-Câlin*, Mercure de France, 1974.

Page 296 : Émile Ajar, *L'angoisse du roi Salomon*, Mercure de France, 1979.

DU MÊME AUTEUR

Roman

COMME DES FRÈRES, L'Iconoclaste, 2020.

Romans jeunesse (sélection)

UN MOIS À L'OUEST, Thierry Magnier, 2018 (« Pôle fiction », Gallimard Jeunesse, 2020).

T'ARRACHER, Thierry Magnier, 2017.

JAN, Thierry Magnier, 2016.

LE PETIT GUS AU COLLÈGE, Albin Michel Jeunesse, 2013.

TROUBLES, Albin Michel Jeunesse, 2012.

LE PETIT GUS EN GRANDES VACANCES, Albin Michel Jeunesse, 2011.

LE PETIT GUS FAIT SA CRISE, Albin Michel Jeunesse, 2010.

TEEN SONG, Albin Michel Jeunesse, 2009.

LE PETIT GUS, Éditions du Panama, 2008 ; rééd. Albin Michel Jeunesse, 2010.

Albums (sélection)

LES CONJUGOUILLONS, Flammarion (10 volumes, 2018-2020).

TRANSFORME-TOI, Flammarion Jeunesse, 2016.

CHRISTOPHER COLOMBO, Albin Michel Jeunesse, 2016.

MES PETITS DÉMONS, Albin Michel Jeunesse, 2010.

MES ANNÉES 70, Éditions du Panama, 2008 ; rééd. Sarbacane, 2011.

VU À LA TÉLÉ, Seuil Jeunesse, 2003.

JE VEUX UN CLONE, Seuil Jeunesse, 2002.

DICTIONNAIRE LE PETIT REBELLE, Seuil Jeunesse, 2001.

C'EST ÉCRIT LÀ-HAUT, Seuil Jeunesse, 2000.

DANS LA MÊME COLLECTION

LE DISCOURS, Fabrice Caro, 2018.

LE JOUR OÙ LA DURANCE, Marion Muller-Colard, 2018.

APRÈS CONSTANTINOPLE, Sophie Van der Linden, 2019.

LA DISSONANTE, Clément Rossi, 2019.

WANTED LOUISE, Marion Muller-Colard, 2020.

BROADWAY, Fabrice Caro, 2020.

FIN DE SAISON, Thomas Vinau, 2020.

MIKE, Emmanuel Guibert, 2021.

VIEUX CRIMINELS, Nicolas de Crécy, 2021.

Éditorial : Géraldine Blanc
Direction artistique : Anne Lagarrigue
Graphisme : Pascal Guédin

Ouvrage composé en Mencken (Typofonderie) et Replica (Lineto)
par IGS-CP à L'Isle-d'Espagnac.
Achevé d'imprimer sur Roto-Page
par l'Imprimerie Floch à Mayenne,
en juin 2021.
Dépôt légal : août 2021
Numéro d'imprimeur : 98618

ISBN : 978-2-07-294237-2 / Imprimé en France

379959